廣嶋玲子 作
東京モノノケ 絵

もののけ屋

一度は会いたい妖《よう》怪《かい》変《へん》化《げ》

もくじ

もののけ屋　一度は会いたい妖怪変化

いやはや、世の中はすっかり様変《さまが》わりしましたねえ。

昔は、昼は明るく、夜は暗いってのが、当たり前だったんです。明かりと言ったら火だったし、電気も機械《きかい》もありゃしなかった。闇《やみ》は深く、どこまでも深く、いつだって人間のすぐそばにあったんです。

それが、今はどうです？　夜になっても、そこら中、どこもかしこもぴかぴか、ぎらぎら。狐火《きつねび》ヶ原《がはら》の鬼蛍《おにぼたる》の群《む》れよりも、明るいときている。

それに、人間が立てる音の、なんと騒《さわ》がしくなったことか。毎日毎日が、雷獣《らいじゅう》の宴《うたげ》のようじゃありませんか。これじゃ、闇のものだって、そうそう出てこられませんよ。

えっ、なんですって？　昔からの〝力あるものたち〟も、この明るさに

飲《の》み込《こ》まれて、ずいぶん消えちまったんじゃないかって？

いやいや、あなた、そこは勘違《かんちが》いをしちゃいけません。

確《たし》かに、あたしら闇《やみ》に住むものにとっちゃ、生きにくい世の中になったもんだ。でもね、進化するのは、なにも人間だけじゃないんですよ。闇の住民《じゅうみん》たちも、ちゃあんと、時代に合わせて、進化してるんです。

それにね、時代からこぼれ落ちてしまいそうになっても、すくいあげてくれる者がいるんですよ。どうしても時代に合わせられず、存在《そんざい》する意味を失《うしな》ってしまった闇の子に、居場所《いばしょ》と力を与《あた》えてくれる者がね。

そういう連中《れんちゅう》を、なんていうかって？

あたしらは、〝もののけ屋〟って呼《よ》んでますよ。

青足《あおあし》

亜樹《あき》は、時計を睨《にら》むように見ていた。国語の授業中《じゅぎょうちゅう》だったけど、先生の話なんか、まるで頭に入ってこない。頭の中は、次の授業のことでいっぱいだった。あと十五分で、待ちに待った体育の時間となる。そして今日もまた、百メートル走をやるはずだ。

亜樹は、ちらりと、真央《まお》を見た。右前の席《せき》に座《すわ》っている萩原《はぎわら》真央。まっすぐ前を向き、ときどきうなずきながら、ノートにいろいろ書いている。いかにも先生の話をしっかり聞いていますという姿《すがた》だ。

（……むかつく）

亜樹は心の中で吐《は》き捨《す》てた。

真央は三か月前に転校してきた子だ。すらっと背《せ》が高く、きれいな顔立ちをした真央は、頭がよく、性格《せいかく》も明るい。今ではすっかりクラスの人気者だ。おまけに、運動《うんどう》神経《しんけい》も抜群《ばつぐん》で、特《とく》に足が速かった。

それが、亜樹には許《ゆる》せなかった。

それまで、クラスで一番足が速いのは、亜樹《あき》だった。一年生の時から、五年生になるまで、同級生の誰《だれ》にも負けたことがない。勉強が苦手で、見た目もごく普通《ふつう》の亜樹にとって、足が速いことは唯一《ゆいいつ》自慢《じまん》できることだったのだ。

なのに、真央《まお》が転校してきたせいで、亜樹は二番になってしまった。それが悔《くや》しくてたまらなかった。

「今日こそ勝ちたい。負けたくない」

体育の授業《じゅぎょう》のたびに、亜樹は燃《も》えるような気持ちで走る。だが、どんなにがんばっても、真央はあっさりと亜樹を抜《ぬ》いて、一番に駆《か》けていくのだ。みんなに「足が速いねえ」と、ちやほやされる真央を見ると、亜樹はねたましさで心がねじくれる思いだった。

(ずるいよ。真央は勉強だってできるし、かわいいし、人気者だし。いっぱいいいところがあるくせに。なんで、足まで速いわけ？　こんなの、不公平すぎる)

真央を睨《にら》みつけているうちに、息が詰《つ》まって、むかむかと気持ちが悪くなってきた。

こんなんじゃ、次の体育でうまく走れない。水だ。水がほしい。

がまんできなくて、亜樹《あき》は手をあげた。

「ん？　どうした、朝倉《あさくら》？」

「ちょっと気分が悪いんです。保健室《ほけんしつ》行ってきていいですか？」

できるだけ哀《あわ》れっぽく、亜樹は言った。水を飲みに行きたいと言えば、それくらい我慢《がまん》しろと、先生は言うだろうし、みんなにも笑《わら》われるだろう。ここは気分が悪いと言うのが一番だ。

案《あん》の定《じょう》、先生はすぐにうなずいてくれた。

「大丈夫《だいじょうぶ》か？　保健係についていかせるか？」

「平気です。一人で行けます」

「そうか。無理《むり》すんじゃないぞ」

「はい」

まんまと教室を抜《ぬ》け出《だ》した亜樹は、すぐに水飲み場へと向かった。学校の水は、いつもなまぬるくて、変《へん》な味がする。でも、ないよりはましだと、がぶがぶ飲んだ。

「ふうっ……」

とりあえず、少し気分が落ち着いてきた。

亜樹《あき》はふと、前を見た。水飲み場の前には大きな窓《まど》があり、そこから運動場が見えた。今は誰《だれ》もいないけれど、あと少しすれば、亜樹たちはあそこに出ていく。そして、また真央《まお》は一番になるのだろう。

(いやだ!)

ふいに、亜樹は激《はげ》しく思った。

そんなのはいやだ。勝ちたい。どうしても勝ちたい。真央が、怪我《けが》か病気にでもなればいいのに。ううん。真央なんか、いなくなっちゃえばいい!

そう思った時だ。

「お困《こま》りのようだわね、おじょうちゃん」

物柔《ものやわ》らかな声がした。

振《ふ》り向《む》けば、廊下《ろうか》の奥《おく》、日が当たらない影《かげ》の中に、一人の男が立っていた。

なんとも奇妙《きみょう》な男だった。大柄《おおがら》で、がっちりとした体つきをしている。頭はつるりとそりあげているが、お坊《ぼう》さんでは絶対《ぜったい》ない。耳に大きな金のイヤリングをして、赤と白の市松柄《いちまつがら》（チェック柄）の着物を、ちょっとだらしなく着ているお坊さんなんて、いるわけがない。

しかも、その上からはおっている、長い羽織《はおり》ときたら。色とりどりの細かな柄や模様《もよう》がびっしり入った、クジャクの羽みたいに派手《はで》な代物《しろもの》なのだ。

顔は時代劇《じだいげき》に出てくる野武士《のぶし》みたいだった。目がぎょろっと大きく、色が黒くて、鼻も立派《りっぱ》だ。なのに、その笑顔《えがお》はとてもやわらかく、はんなりとしている。こんな変《へん》なやつが、どうして学校にいるのだろう？

怪《あや》しい。見るからに怪しい。絶対に関《かか》わらないほうがいい。

亜樹《あき》は急いで逃《に》げようとした。でも、どういうわけか、足は一歩も動かなかった。

（うわ、どうしよ！　やばいよ、これ！）

じどうかいけいじばん
あいさつ

男はにこにこと笑《わら》いながら、手招《てまね》きをしてきた。すると、亜樹の足が動きだした。まっすぐ、男のいるところへと。

あっという間に、亜樹《あき》は怪《あや》しい男の目の前に立っていた。

焦《あせ》る亜樹に、男は野太くて、妙《みょう》に優《やさ》しげな声でささやいてきた。

「走りたいんでしょ、おじょうちゃん？　誰《だれ》よりも速く走って、一番になりたいんでしょう？」

ずばりと言われ、亜樹は仰天《ぎょうてん》した。こんな怪しい男が、学校の中にいるということも、一瞬《いっしゅん》で気にならなくなってしまった。

「ど、どうして知ってるの？」

「んふふ。あなたを見た時にね、うちの子の一人が騒《さわ》いだからよ」

「うちの子？」

亜樹はまわりを見たが、子供《こども》どころか、人っ子ひとり見当たらない。ここにいるのは、亜樹と男だけだ。

だが、男はかまわずに言葉を続《つづ》けた。

「その子もね、走ることがなによりも好《す》きなのよ。だから、わかったの。ああ、このおじょうちゃんは走りたいんだって。とびきり速い足がほしいんだって。……あなたの望《のぞ》みをかなえてさしあげてよ」

「えっ？」

息をのむ亜樹《あき》に、男はにっと笑《わら》いかけてきた。

「あたしは、もののけ屋。力をほしがる人間に、もののけを貸《か》し出《だ》すのが、あたしの仕事」

「も、もののけ？」

「人ではないもののことよ。人が持つことのできない力を持つもの。ま、簡単《かんたん》に言うなら、妖怪《ようかい》ね」

さあっ、ともののけ屋は亜樹の顔をのぞきこんできた。

「契約《けいやく》しようじゃないの、おじょうちゃん。今日の体育が終わるまで、あなたにもののけを貸してあげる。そうすれば、あなたは徒競走《ときょうそう》で一番になれるわ。絶対《ぜったい》にずるだとばれないし、あたしも誰《だれ》かに話したりはしない。どう？　魅力的《みりょくてき》な取引《とりひき》だと思わない？」

ごくりと、亜樹《あき》はつばをのみこんだ。確《たし》かに魅力的だった。もののけって、なんかよくわからないけど、もしそれで真央《まお》に勝てるなら、なんだって手に入れたい。

「お、お金は？　いくら払《はら》えばいいんですか？」

「お金なんか、いただかないわよ。こちらの望《のぞ》みは、二つだけ。おじょうちゃんが徒《と》競走《きょうそう》で思いっきり走ること。そして、授業《じゅぎょう》が終わったら、あたしにもののけを返しにくること。これだけ守ってもらえればいいの。どう？　契約《けいやく》する？　やめる？」

亜樹の心は決まった。

「契約します！」

「そうこなくちゃ。じゃ、握手《あくしゅ》しましょ」

もののけ屋は、野球グローブのように大きな手を差《さ》し出《だ》してきた。亜樹は、自分の手をその上に重ねた。

その瞬間《しゅんかん》、もののけ屋が着ている派手《はで》な羽織《はおり》の模様《もよう》が、ざわりと、揺《ゆ》れ動《うご》いた気がした。

羽織の柄《がら》が、じつは全て変《へん》な生き物だということに、亜樹《あき》は初《はじ》めて気づいた。鬼《おに》とか、犬の顔をした人間とか、一つ一つ違《ちが》ったデザインで、どれもこれも本当に細かい。それに、まるで生きているように生き生きとしている。

亜樹はもっとよく見ようとしたが、ふいに自分の手が熱《あつ》くなるのを感じた。

熱い！　もののけ屋と握手《あくしゅ》している右の手のひらが、火を押《お》し付《つ》けられているみたいに熱い！

小さな悲鳴をあげて、亜樹は手をもぎ離《はな》した。

手のひらを見て、驚《おどろ》いた。そこに、シールのような、小さな絵がはりついていたのだ。長くて青い二本の棒《ぼう》の絵。ううん。違う。これは棒ではなく、足だ。爪《つめ》がはえているのが、かすかに見える。

亜樹《あき》が見つめる前で、絵はすうっと薄《うす》れて、まるで手のひらの中に沈《しず》んでいくかのように、消えていった。

「はい。契約《けいやく》成立。これで青足《あおあし》ちゃんは、あなたのものよ。徒競走《ときょうそう》を楽しんできてね。青足ちゃんを思いっきり走らせてあげて。この子、外に出るのは久《ひさ》しぶりなのよ」

亜樹はもっといろいろ聞こうとした。だが、この時だ。

突然《とつぜん》、チャイムが鳴って、亜樹は飛《と》びあがってしまった。

しまった。授業《じゅぎょう》が終わったんだ。この怪《あや》しい男と一緒《いっしょ》にいるところを、誰《だれ》かに見られたら、どうしよう！

亜樹は焦《あせ》って、きょろきょろしてしまった。そして、驚《おどろ》いた。目の前にいたもののけ屋が、いなくなっていたのだ。ここは廊下《ろうか》のどん詰《づ》まりで、隠《かく》れる場所なんてないのに。

「きっと夢《ゆめ》でも見てたんだ。……絶対《ぜったい》そうだって」

気味悪さを感じながらも、亜樹は急いで教室に戻《もど》った。

体育の授業《じゅぎょう》では、やっぱり、百メートル走をやることになった。

ゆうゆうと位置《いち》につく真央《まお》を、亜樹《あき》は嫉妬《しっと》の目で睨《にら》んだ。

（今日こそ、真央より速く走ってやる！）

心の叫《さけ》びに応《こた》えるかのように、ふいに、足に力がみなぎってくるのを、亜樹は感じた。

走りたい！　今すぐ走りたい！　誰《だれ》よりも速く！

喉《のど》がひりひりと乾《かわ》いているみたいに、亜樹は走りたくてたまらなくなった。

ついに、スタートの合図がパーンと鳴った。

亜樹は弾丸《だんがん》のように飛《と》び出《だ》した。足が軽かった。まるで重さを感じない。それでいて、このみなぎるパワーのすさまじさはどうだ！

すてき！　走るって、すてき！　大好《だいす》き！

誰《だれ》かのそんな叫《さけ》び声《ごえ》が、腹《はら》の底《そこ》からわきあがってくる。その声は、亜樹の心とぴったりと一つになった。

もう真央《まお》のことさえ忘《わす》れ、亜樹《あき》は走る楽しさに夢中《むちゅう》になった。

そうして、亜樹は風のようにゴールに到着《とうちゃく》したのだ。真央をはるかに引《ひ》き離《はな》しての、ぶっちぎりの一位《い》だった。そのタイムときたら、先生が目をむいたほどだ。

亜樹は、たちまちみんなに囲《かこ》まれ、「すごい！」と、ほめたたえられた。もう、誰《だれ》も真央になんか見向きもしない。納得《なっとく》がいかない顔をしている真央を見て、亜樹は胸《むね》がすっとした。

やった。ついにやったんだ。真央を負かして、一位になった。すごい？　そうよ。あたしはすごいのよ！　もっともっとほめて！　もっとあたしに注目して！

わきあがる喜《よろこ》びと誇《ほこ》らしさの中で、こうも思った。やっぱり、さっきのは夢《ゆめ》じゃなかったんだと。自分は本当にもののけ屋という男に会い、「青足《あおあし》」とかいうもののけを貸《か》してもらったんだと。

（せっかく貸してもらったんだから、フルに使わせてもらわなくちゃね！）

授業《じゅぎょう》が終わるまで、亜樹《あき》は何度も走り、そのたびに一番になった。しかも、走るたびにタイムは縮《ちぢ》まっていったのだ。

「朝倉《あさくら》、おまえ、陸上選手《りくじょうせんしゅ》を本気で目指してみないか?」

先生に言われ、亜樹は鼻高々になった。

だが、授業《じゅぎょう》が終わり、みんなに囲《かこ》まれて、意気揚々《いきようよう》と教室に戻《もど》ろうとした時だ。遠くの木陰《こかげ》に、あのもののけ屋の姿《すがた》が見えた。

目と目があい、亜樹はどきっとした。もののけ屋は、さっそく青足《あおあし》を返してもらいに来たらしい。

でも、亜樹は青足を返したくなくなっていた。

さっきまでは、真央《まお》に勝てれば、それでいいと思っていた。でも、今は違《ちが》う。これだけでは物足らない気がした。

もっともっと勝ちたい。勝ち続《つづ》けたい。先生は陸上選手になれと言ってくれたし。うまくすれば、将来《しょうらい》はオリンピック選手になって、有名になれるかも。そのためには、どうしてもこの青足《あおあし》の力が必要《ひつよう》なのだ。

こちらをじっと見つめてくるもののけ屋から、亜樹《あき》はぷいっと目をそらした。

（もし、あいつが近づいてきたら、「変《へん》な人がいる！」って、大声で先生に言えばいいよね。そうすれば、先生がきっと追《お》い払《はら》ってくれる）

しばらくしてから、亜樹は恐《おそ》る恐《おそ》る目を戻《もど》した。

もののけ屋は、まだそこにいた。

青ざめる亜樹に、にやりと、もののけ屋は笑《わら》いかけてきた。そして、そのまま木立《こだち》の向こうに、すうっと消えていってしまった。

助かったと、亜樹は体の力が抜《ぬ》けそうになった。どうやら、もののけ屋は、亜樹が青足を返す気はないと、わかったらしい。おとなしくあきらめてくれたようなので、亜樹は胸《むね》をなでおろした。

その日から、亜樹はあちこちの陸上大会《りくじょうたいかい》に出るようになった。どの大会でも一位《い》を勝ち取ったので、「天才小学生スプリンター」として、世間に騒《さわ》がれるようになった。

マスコミに囲《かこ》まれ、テレビにも何回も出た。

亜樹《あき》は有頂天《うちょうてん》になった。

練習なんかしなくたって、この魔法《まほう》のような足がある限《かぎ》り、負けることは絶対《ぜったい》にないのだ。ああ、なんていい気分なんだろう。

そしてとうとう、亜樹は全国大会に出場することとなった。

これでまた一つトロフィが手に入る。しかも、全国的に自分のことが知られるチャンスだ。いや、結果《けっか》次第では、世界に名がとどろくようになるかもしれない。

亜樹はほくそえみながら、コースの上に立った。

パーン！

スタートの合図に、亜樹はいつものように走りだそうとした。その瞬間《しゅんかん》、がくんと、足から力が抜《ぬ》けた。

「えっ？」

亜樹は絶句《ぜっく》した。まるで、さなぎから蝶《ちょう》が脱皮《だっぴ》するかのように、自分の足から透明《とうめい》な青い足が二本、するりと出てきたのだ。

出てきた二本足は、そのまま風のように駆《か》け去《さ》っていってしまった。

亜樹《あき》は悲鳴をあげて、追いかけようとした。だが、足に力が入らない。ぴくりとも動かない。

「あたしの足！　あたしの足！」

泣《な》き叫《さけ》ぶ亜樹の声は、競技場中《きょうぎじょうじゅう》に響《ひび》き渡《わた》った。


その日、「天才小学生スプリンター、棄権《きけん》。全国制覇《ぜんこくせいは》ならず」という記事が、夕刊《ゆうかん》にでかでかと載《の》った。

それを、暗い木立《こだち》の中で読むものがいた。派手《はで》な着物と羽織《はおり》を着た、ぼうず頭の男。もののけ屋だ。

新聞を読み終えると、もののけ屋はやれやれというように、かぶりをふった。

「やっぱり思ったとおりになったわねえ。あの子もおバカさんだこと。最初《さいしょ》の勝利《しょうり》に

30

満足《まんぞく》しておけば、〝足〟をとられることもなかったのに。ま、それもしかたないわよね。契約《けいやく》を破《やぶ》ったのは、あの子のほうだもの。それに、青足《あおあし》ちゃんにとっては、契約違反《けいやくいはん》してくれたほうがよかったわけだし」

もののけ屋がひとりごとを言っていると、ふいに草木がゆれて、青い二本の足が現《あらわ》れた。もののけ屋は笑顔《えがお》になって、足に声をかけた。

「お帰り、青足ちゃん。待ってたのよ。どう？　思う存分《ぞんぶん》走ったうえに、あの子の〝足〟まで手に入れられて、気分は最高《さいこう》でしょう？　さ、お戻《もど》りなさいな。ええ、ええ。またすぐに、あんたにぴったりの、走りたがり屋の人間を見つけてあげるわよ。運が良《よ》ければ、また契約違反をしてくれるかもしれないわね。そうしたら、また〝足〟をもらえて、もっともっと速くなれるわよ。大丈夫《だいじょうぶ》。そんな人間、そこら中にいるはずだもの」

そう言いながら、もののけ屋は身をかがめて、羽織《はおり》の袖《そで》を差《さ》し出《だ》した。ぴょんと、二本足が羽織に飛《と》び乗《の》った。

次の瞬間《しゅんかん》、二本足は消えた。かわりに、羽織に新たな柄《がら》が加《くわ》わった。青い二本足の柄が。

「さあて。お次はどんなお客さんに出会えるかしら。どの子を貸《か》し出《だ》すことになるのかしら。んふ。楽しみねえ」

笑《わら》いながら、もののけ屋はゆっくりと木立《こだち》を出て、夜の闇《やみ》の中に消えていった。

筆鬼《ふでおに》

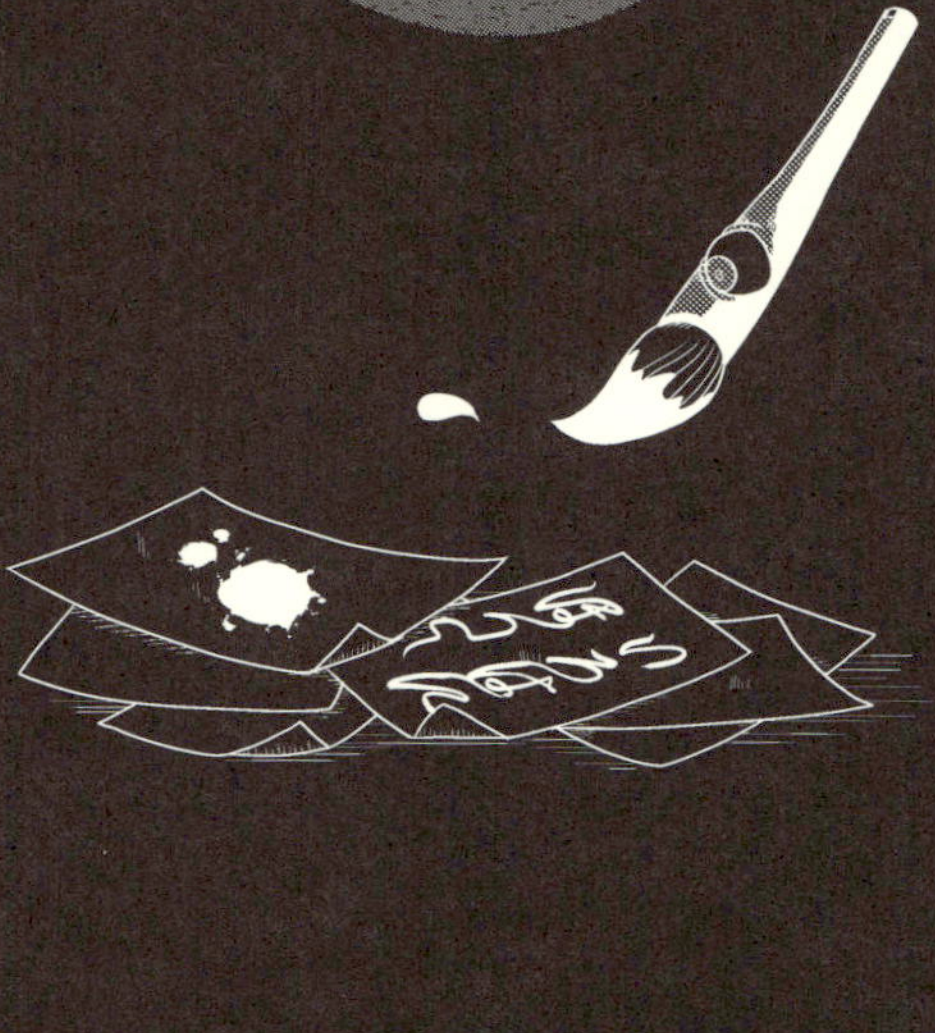

さくらは頭にきていた。また図書室の本のページが破《やぶ》かれていたのだ。

さくらは本が大好《だいす》きだ。だから、五年生になって、念願《ねんがん》の図書委員《としょいいん》になれた時は、本当にうれしかった。「本に囲《かこ》まれた仕事なんて、最高《さいこう》！」と、はりきっていたのだが。

実際《じっさい》、図書委員になってみたら、ストレスがたまる一方だった。返却期限《へんきゃくきげん》を守らない子は多いし、図書室でぺちゃくちゃおしゃべりするグループはいるし。携帯《けいたい》の音もして、騒《さわ》がしいったらない。

一番腹《はら》が立つのは、貸《か》し出《だ》した本が粗末《そまつ》に扱《あつか》われていることだった。

お菓子《かし》の食べカスがページの間にはさまっているのなんて、しょっちゅうだし、ジュースとかをこぼして、大きなしみができていることもある。ひどい時など、ページが切り取られていることもあるのだ。

本を愛《あい》するさくらとしては、許《ゆる》しがたいことだった。「本は大切に扱ってください」とか「きれいに返してください」とか、張《は》り紙《がみ》をしても、効果《こうか》はなし。貸し出し記録《きろく》を調べて、犯人《はんにん》らしき子を問《と》い詰《つ》めても、「ええ～、あたしじゃないよ。言いがかりつけないでよね。気分わるっ！」とか、逆切《ぎゃくぎ》れされた。

あげく、「図書室にいつもいるメガネザルに、がみがみ言われて、超《ちょう》ブルー。あれ、いなくなってほしい」とか「あいつ、マジうぜえよな」とか、学校の裏《うら》サイトに悪口を書きこまれるようになってしまった。

今日、そのことを知り、さくらはショックを受けた。

正しいことをしているのに、なんで私《わたし》が憎《にく》まれなくちゃいけないの？

悔《くや》しくて悔《くや》しくて、さくらは涙《なみだ》がわいてきた。

その日の学校帰り、さくらは家の近くの河川敷《かせんじき》によった。川に石をなげこみながら、心の中でわめいた。

もう学校に行きたくない。でも、図書室のことが心配だ。私がいなくなったら、本がもっとひどい目にあうかもしれない。ああ、私に力があったら、本を守ってやれるのに！　くだらない馬鹿《ばか》な連中《れんちゅう》に、二度と、本に手出しができないようにしてやるのに！　ああ、力がほしい！

「なら、力を貸《か》してあげましょうか?」

ふいに、甘《あま》ったるい男の声がした。

さくらはびくっとして、顔をあげた。

すぐそばにはえた柳《やなぎ》の木の下に、一人の大きな男が立っていた。赤と白のチェック柄《がら》の着物の上に、極彩色《ごくさいしき》の派手《はで》な羽織《はおり》をはおった男だ。ちょっと首をかしげ、微笑《ほほえ》みをたたえているところが、なんというか、なまめかしい。ごつい顔をしているのにだ。

さくらは、その男から目が離《はな》せなくなってしまった。本当なら、すぐにも目をそらして、早足で通《とお》り過《す》ぎたほうがいいのに。

と、男がしゃべりかけてきた。

「ごめんなさいね。急に声をかけたりして。あたし、もののけ屋っていうの。どうぞよろしくね」

妙《みょう》に優《やさ》しい口調で、男は名乗った。

さくらは、はっとした。もののけ屋だって?

「あら、どうかした？」

「……都市伝説《としでんせつ》で、聞いたことがあります。悩《なや》んでいる子供《こども》に、不思議《ふしぎ》な力を貸《か》してくれる男の人がいるって」

派手《はで》な着物姿《きものすがた》のおかしな男だとも聞いたけれど、そのことはさくらは言わなかった。それを言うのは失礼《しつれい》だと思ったし、噂《うわさ》どおりの「もののけ屋」が目の前にいることに、正直、ど肝《ぎも》を抜《ぬ》かれていたのだ。

もののけ屋は目をぱちぱちさせた。

「あらぁ、よく知ってるわねえ。おじょうちゃん、情報通《じょうほうつう》なのね」

「別《べつ》にそういうわけじゃないです。たまたま見たネットのサイトに、そう書いてあっただけだし……」

深呼吸《しんこきゅう》を一つして、さくらは恐《おそ》る恐《おそ》るもののけ屋に尋《たず》ねた。

「……私《わたし》に力を貸してくれるんですか？」

「ええ。図書室を守る力がほしいんでしょ？　うってつけのもののけが、ちょうどいるのよ。あなたさえよかったら、喜《よろこ》んで貸《か》してあげてよ」

ただしと、もののけ屋は付《つ》け加《くわ》えた。

「もののけの貸し出し期限《きげん》は、あなたが学校を卒業《そつぎょう》するまで。卒業したら、ここに来て、あたしにもののけを返してちょうだい。それから、このもののけの力を、図書室以外《いがい》では使わないこと。これさえ守ってくれるなら、お貸しするわよ」

そんなの簡単《かんたん》じゃないかと、ほっとしながら、さくらはうなずいた。

「絶対《ぜったい》守ります。どうかお願《ねが》いします」

「オーケー。じゃ、誓《ちか》いの握手《あくしゅ》といきましょ」

もののけ屋は、大きな手を差《さ》し出《だ》してきた。さくらは、迷《まよ》わずその手を握《にぎ》った。

と、ざわりと、もののけ屋の羽織《はおり》の柄《がら》が揺《ゆ》れ動《うご》いた。色とりどりの無数《むすう》の柄は、よく見ると、全部妖怪《ようかい》の姿《すがた》をしていた。

さくらは思い出した。

そうだ。確《たし》か、サイトにはこうも書いてあったっけ。もののけ屋は、さまざまな妖《よう》怪《かい》を封印《ふういん》した、「百鬼夜行《ひゃっきやぎょう》」の羽織《はおり》を着ているって。そこから、必要《ひつよう》な妖怪を取り出しては、子供《こども》に貸《か》してくれるんだって。

これがそうなのかと、さくらは目をこらして、羽織をもっとよく見ようとした。この時だ。握手《あくしゅ》をしている手のひらが、燃《も》えるように熱《あつ》くなった。痛《いた》みさえ感じて、さくらは慌《あわ》てて手を離《はな》した。

見れば、手のひらには、スタンプのようなものが焼《や》き付《つ》いていた。目玉のついた筆《ふで》の絵だ。それはみるみる薄《うす》れて、消えていった。

「はい。筆鬼《ふでおに》ちゃんの貸し出し、完了《かんりょう》。じゃ、うまくおやりなさいね。ばいばーい」

もののけ屋は、にこやかに言ってきた。

そして、気づいた時には、さくらは家に戻《もど》っていた。

さくらは、もう一度手のひらを見た。けれど、あの奇妙《きみょう》な小さな絵はやっぱりなかった。不思議《ふしぎ》な力なんてまるで感じられないし、体が変《か》わったという感じもしない。だまされたのかと、さくらはがっかりした。

翌日《よくじつ》の昼休み、さくらは本の貸《か》し出《だ》し係の当番だったので、図書室に行った。カウンターに座《すわ》っていると、にぎやかな女の子たちがやってきた。

さくらを見るなり、女の子たちはくすくす笑いながら、ひそひそ話を始めた。さくらは、かっとなった。

きっと、私《わたし》の悪口を言っているんだ。悔《くや》しい！　悔しい！　なによ！　おしゃべりしたいんなら、別《べつ》の場所に行けばいいのに。ここは本を読む場所なのよ！

ぐわぐわと、腹《はら》の底《そこ》がにえたぎった時だ。右手の人差し指が熱《あつ》くなるのを感じた。

指を見て、さくらは驚《おどろ》いた。人差し指の先が黒くなっている。

なんだろう。

慌《あわ》ててティッシュでふいたら、じわっと、ティッシュが黒くぬれた。まるで、指から墨《すみ》がしみだしているみたいだ。

さくらは焦《あせ》った。ティッシュでは埒《らち》があかないので、手を洗《あら》いに行こうかと、立ち上がりかけた時だ。

ふいに、さくらの中に不思議《ふしぎ》な声が響《ひび》いた。

「書け。望《のぞ》みを書け」

いんいんと響く声は、さくらのパニックをすっと鎮《しず》めてしまった。同時に、さくらは理解《りかい》した。

これは別《べつ》に怖《こわ》がるようなことじゃない。これは、私《わたし》の力。私の望《のぞ》みをかなえるための力なんだ。

さくらは前を見た。あの憎《にく》たらしい女の子たちは、まだしゃべっている。今の望みは、あの子たちのおしゃべりをやめさせることだ。

さくらは、いらない紙を一枚《まい》取り出して、そこに黒くなった指を押《お》し当《あ》てた。そのまま、一気に指を走らせ、字を書いていった。黒々とした太い字が、みるみる紙の上にできあがっていく。

「図書室では、おしゃべり禁止《きんし》！」

それを書きあげたとたん、図書室が静《しず》まり返《かえ》った。

さくらは、女の子のグループを見た。もう誰《だれ》もしゃべっていない。目をぎょろぎょろとさせているばかりだ。しゃべりたいのに、口が動かせない。そんな顔をしている。

やがて、女の子たちはばたばたと図書室の外に出ていった。ドアの外に出たとたん、やかましい声がどっとあがった。

「なになに！　今《いま》の、なんなの！」

「なんか急に口が開かなくなったんだけど！」

「あ、あたしも！　あたしもそう！」

「どうなってんの！」

「きゃあああああっ！」

叫《さけ》びながら、女の子たちは走《はし》り去《さ》っていった。

さくらは、ふっと息をついた。どうやら、指から出てきた墨《すみ》で、なにかを書けば、それは本当のことになるらしい。でも、その効果《こうか》は図書室の中だけで、外に出てしまうと、消えてしまうようだ。

図書室で
おしゃべ

さくらは自分の指を見た。もう、指は黒くなかった。でも、さくらがまた望《のぞ》めば、墨《すみ》を吐《は》きだし、願《ねが》いをかなえる力を貸《か》してくれるだろう。

これが、もののけ屋が貸してくれた力。もののけの力。

「……すごい。これって、ほんとすごい！」

さくらは、喜《よろこ》びがこみあげてくるのを感じた。これで、自分の思い通りの、すてきな図書室を作り上げることができる。

その日から、さくらはなにかというと、もののけの力を使うようになった。使い方は簡単《かんたん》だ。強く願えば、指から墨がしみだしてくる。それで、願い事を紙に書けば、全て現実《げんじつ》になるのだ。

さくらは、あちこちに張《は》り紙《がみ》をしていった。

「返却期限《へんきゃくきげん》を、必《かなら》ず守ること」

「本は大事にして」

「図書室では、ふざけないで」

「携帯《けいたい》の電源《でんげん》を切って」

これまでとは違《ちが》い、もののけの力がこもった張《は》り紙《がみ》は、効果抜群《こうかばつぐん》だった。本を返さない子はいなくなり、どの本もきれいに返されるようになった。走ったり騒《さわ》いだりする子はいなくなり、携帯の音もしなくなった。

図書室らしい図書室になったことに、さくらは大満足《だいまんぞく》だった。

「そろそろ、次の手を打たなくちゃ」

本を手ひどく扱《あつか》った子供《こども》たちのことを、さくらは忘《わす》れてはいなかった。あんなことをした連中《れんちゅう》には、絶対《ぜったい》思い知らせてやらなくては。

「本のページをわざと破《やぶ》った人は、図書室に入ったら、自分はどろぼうですと、大声で言いなさい」

「本をよごした人は、四《よ》つん這《ば》いになって、図書室の掃除《そうじ》をしなさい」

さくらは、この二つの文章を書いた紙を、こっそり図書室のカウンターの裏《うら》にはりつけた。

それから二日後の昼休みのこと。六年生の女の子が図書室に入ってきた。次の瞬間《しゅんかん》、女の子はいきなり「あたしはどろぼうです！」と、大声で叫《さけ》んだのだ。図書室にいたみんなはびっくりしたが、誰《だれ》よりもびっくりしていたのは、その女の子自身だった。うわっと泣《な》きだし、女の子は図書室を飛《と》び出《だ》していった。

さくらはにんまりした。どうやら、あの子は前に図書室の本を破《やぶ》った犯人《はんにん》だったようだ。いい気味だ。

さらに、その日の放課後《ほうかご》には、年少の男の子が奇妙《きみょう》な行動をとった。図書室に入ってくるなり、四《よ》つん這《ば》いになり、自分の服を使って、床《ゆか》を拭《ふ》き始《はじ》めたのだ。

男の子は、「な、なんだよ！　体が勝手に動くよぅ！」と、泣《な》き叫《さけ》びながら、床そうじを続けた。図書室にいた先生がやめさせようとしたけれど、どうしても男の子の動きを止められなかった。

テーブルのまわりを一周したところで、男の子はようやく体の自由を取《と》り戻《もど》し、図書室から駆《か》け去《さ》った。

それからも、たびたびそういうことが起き、そういう目にあった子供《こども》は二度と図書室には戻《もど》ってこなかった。

こうして、さくらは復讐《ふくしゅう》をはたした。それで満足《まんぞく》したかって？　いや、とんでもない。さくらは、「この力を使えば、思い通りのことができる」ということに気づいてしまったのだ。そうと気づいたら、使わずにはいられない。

さくらは、次々と力を使い、願《ねが》い事《ごと》はどんどんエスカレートしていった。

「図書室では、日野《ひの》さくらの言うことをなんでも聞きなさい」

「図書室を使う人は、日野さくらに図書室料金《りょうきん》千円を払《はら》いなさい」

「日野さくらのことは、日野さま、と呼《よ》びなさい」

願いはことごとく叶《かな》い、さくらは有頂天《うちょうてん》になった。だが、そんなことがいつまでも続《つづ》くはずがなかった。

最近《さいきん》、図書室では変《へん》なことばかりが起きる。

もう図書室は使いたくない。

怖《こわ》い。いやだ。

そういう噂《うわさ》が広がり、ついには誰《だれ》も図書室に来なくなってしまったのだ。

さあ、こうなると、さくらはおもしろくない。誰もいない図書室は、ある意味最高《さいこう》だけれど、自分の言うことをきく下僕《げぼく》がいなくては、つまらない。

「そうだ!」

さくらは思いついた。

「みんな、一日一回は図書室に行くこと」と、願《ねが》い事《ごと》の紙を学校にはればいいじゃないの。ううん。いっそのこと、この力を使って、学校全体を支配《しはい》してやろう。そうすれば、もう怖いものなしだもの。

図書室だけで君臨《くんりん》するのは、もうあきあきしていた。もっと手広く、もっと強烈《きょうれつ》に、みんなのことを支配してやりたい。

目を光らせながら、さくらは図書室を出て、廊下《ろうか》に立った。今は放課後《ほうかご》なので、静《しず》かなものだ。

誰《だれ》もいないことを確《たし》かめてから、さくらは、もののけの力を呼《よ》び出《だ》した。

「この学校を、私《わたし》のものにしたい！」

じゅっ！

ふいに、激《はげ》しい音がして、黒いしぶきがあがった。

「えっ？」

さくらは指を見た。

ぼたぼたと、黒い墨《すみ》がしたたっていた。いつも以上《いじょう》に濃《こ》くて、どろりとした墨が、どんどんあふれてくる。

いつもと違《ちが》う！

さくらは慌《あわ》てて指をおさえたが、墨の出てくる勢《いきお》いは激《はげ》しくなる一方だ。

同時に、さくらは自分の体がしなびていくのを感じ始めた。なんだろう。墨と一緒《いっしょ》に、さくらの生命力まで、流れ出ていっているみたいだ。これはまずい感じがする。

この時、さくらはもののけ屋の言葉を思い出した。

本の
早
返却期
日野さん
手を洗
図書室を使う
日野
図書室

「このもののけの力を、図書室以外《いがい》では使わないこと」

もののけ屋はそう言っていた。それって、こういうことだったのか。

さくらは必死《ひっし》で図書室に戻《もど》ろうとした。今すぐ戻らなきゃ。図書室に行けば、大丈《だいじょう》夫《ぶ》になるはずだ。

だが、この時には、さくらの足は棒《ぼう》のように細くなって、力が入らなくなっていた。

かわりに、床《ゆか》にこぼれた墨《すみ》が一つにかたまり始めた。穂先《ほさき》にたっぷりと墨を含《ふく》んだ、目玉のついた、大きな筆《ふで》の姿《すがた》をとっていく。

やがて、筆はすいっと窓《まど》から外へと飛《と》び出《だ》していった。

図書室を閉《し》めにやってきた先生が、からからに干《ひ》からびたさくらを見つけたのは、それからしばらくしてからだった。

夕暮《ゆうぐ》れ時の河川敷《かせんじき》。大きな柳《やなぎ》の木の下に、派手《はで》な着物姿《きものすがた》の、ぼうず頭の男がいた。木によりかかり、くつろいだ様子で、指にきれいな色のマニキュアをぬっている。

と、その目の前に、ぴょんっと、大きな筆《ふで》が現《あらわ》れた。目玉のついた筆を見て、もののけ屋は笑顔《えがお》になった。

「あら、お帰り、筆鬼《ふでおに》ちゃん。やっぱり期限前《きげんまえ》に戻《もど》ってきたわねえ。……学校を支配《しはい》したがったですって？　それはまあ、命取りなことを。でも、不思議《ふしぎ》よねえ。筆鬼ちゃんにふさわしい人間って、必《かなら》ずエスカレートしちゃうのよね。で、筆鬼ちゃんに若《わか》さを吸《す》いとられることになる。なんで、こうワンパターンなのかしら？　契約《けいやく》を守れば、大丈夫なのに」

不思議ねえと、首をかしげながら、もののけ屋は筆鬼に手を差し出した。筆鬼は、羽織《はおり》の中に吸《す》いこまれ、ろくろ首と猫又《ねこまた》の間におさまった。

「ま、筆鬼ちゃんは、たっぷり潤《うるお》ったみたいだし、これはこれでよかったわよね。ああ、あたしも少しスキンケアしようかしら。最近《さいきん》潤いがなくて、お顔ががさがさしてるような気がするのよね」

そんなことをつぶやきながら、もののけ屋は柳《やなぎ》の影《かげ》の中に沈《しず》んでいった。

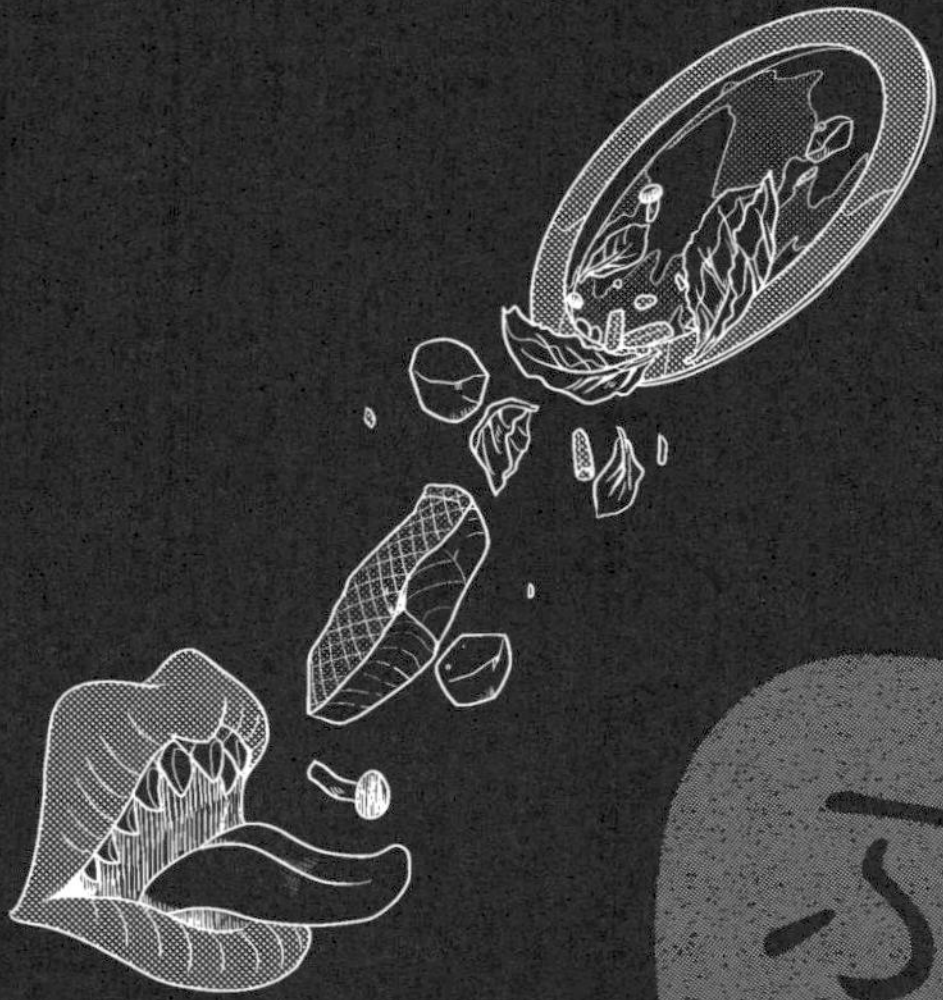

ふた口《ふたくち》

たいていの子供《こども》にとって、給食《きゅうしょく》は楽しみな時間だ。

でも、圭介《けいすけ》にとっては、給食はうんざりするほどつらい時間だった。

圭介は好《す》き嫌《きら》いが多いのだ。好きだと言えるのは、肉とお菓子《かし》だけ。あとはほとんどだめだった。野菜《やさい》はジャガイモしか食べないし、魚介類《ぎょかいるい》はアサリのお味噌汁《みそしる》くらいしか飲めない。バナナ以外《いがい》のフルーツは、見るのもいやだ。

「給食のおばさんたちが、一生懸命《いっしょうけんめい》作ってくれているんですからね。作った人に感謝《かんしゃ》して、残《のこ》さず食べましょう。もう四年生なんですから、好き嫌いなんて、言っていてはだめですよ」

と、担任《たんにん》の愛子《あいこ》先生はよく言う。でも、そんなこと、俺《おれ》には関係《かんけい》ないと、圭介は思う。

嫌いなもんは嫌い。食べたくないったら、食べたくない。

だから、給食で嫌いなものが出てくると、圭介は友達《ともだち》にこっそり食べてもらっていた。嫌いなものがてんこ盛《も》りの、最悪《さいあく》な献立《こんだて》の時などは、ほとんど食べられない。

その日もそうだった。空腹《くうふく》をかかえ、すっかり不機嫌《ふきげん》となった圭介《けいすけ》は、学校帰りに友達《ともだち》の卓也《たくや》にぐちった。

「四組の田神《たがみ》って、牛乳《ぎゅうにゅう》アレルギーがあって、給食《きゅうしょく》の牛乳飲まなくていいんだって。いっそ、俺《おれ》もアレルギーがあったらよかったのに。そうしたら、嫌いなものなんか、食べなくてすんだのに」

これを聞いて、卓也はあきれたように言ってきた。

「おまえ、馬鹿《ばか》なの？　アレルギーって大変《たいへん》なんだぞ？　外で売っているものの中に、アレルギーのものが入ってて、うっかり食べちまったら、死《し》んじゃうことだってあるんだから」

「うっ……で、でもさ、それでも、嫌いなもの食うよりいいじゃん」

「かあ、圭介って馬鹿だ。最低《さいてい》だ」

卓也は鼻を鳴らして、先に走っていってしまった。

圭介《けいすけ》はむっときた。

なんだよ、卓也《たくや》のやつ。そりゃ、なんでもおいしく食べられるやつはいいさ。でも、俺《おれ》はそうじゃないんだ。嫌《きら》いなものを口に入れるなんて、まっぴらなんだよ！

「じゃ、あなたのかわりに、嫌いなものを食べてくれる子がいてくれればいいのね？」

いきなり声をかけられ、圭介《けいすけ》は飛《と》び上《あ》がった。

俺、もしかして口に出して言っていた？　それを誰《だれ》かに聞かれちゃったのか？

恥《は》ずかしさに真《ま》っ赤《か》になりながら、圭介はまわりを見た。すすけた横道の、陰《かげ》のところに、大きな男が立っていた。

げっと、圭介はたじろいだ。

なんだ、あのおっさん。赤と白のチェックの着物の上に、さらに、絵の具をぶちまけたみたいな極彩色《ごくさいしき》の短い着物をひっかけてるぞ。大人がこんな派手《はで》な格好《かっこう》してて、いいのか？　ぼうず頭で、いかつい顔なのに、なんか、しなしなとして見えるし。よく見ると、指にマニキュアぬってないか？

なにより、大きな目でまばたきもしないで、圭介を見つめている。

こりゃやばいと、圭介《けいすけ》は思った。絶対怪《ぜったいあや》しい人だ。これ以上《いじょう》ないってくらい怪しい人だ。ところが、逃《に》げようにも足が動かない。それどころか、おっさんに手招《てまね》きをされると、圭介はふらふらとそちらに歩いていってしまったのだ。

(うわあ、俺《おれ》のバカバカ！　なにやってんだよ！)

心の中で悲鳴をあげていると、おっさんがさも残念《ざんねん》そうに息をついてきた。

「ねえ、頼《たの》むから、怖《こわ》がらないでくれる？　あたし、こう見えて繊細《せんさい》なのよ」

(うげっ！)

「あ、今、うげって思ったでしょ？　やだわぁ。そういうのって、ショックなのよねえ」

圭介ははっとした。このおっさん、心が読めるのか。

おっさんがにこりとしてきた。

「おっさんじゃなくて、もののけ屋って言うのよ。よろしくね」

「は、はぁぁ……よ、よろ、しく」

「んふ。お返事ができて、大変《たいへん》けっこうよ。さて、ここからはビジネスの話をさせていただくわね」

もののけ屋の大きな目が、ぴかりと光った気がした。

「簡単《かんたん》に言うと、あたしはぼっちゃんがほしがっている力を持っているの。ぼっちゃんのかわりに、嫌《きら》いなものを食べてくれる力よ。それを、貸《か》してあげたいと思っているわけよ」

「ほ、ほんと？」

「ええ。この力があれば、ぼっちゃんは給食《きゅうしょく》の時間がうんと楽になるはずよ。他の子にこっそりとあげる必要《ひつよう》はなくなるし、残《のこ》して、先生に『もったいないでしょ！』って、叱《しか》られることもなくなるでしょうね」

それこそ、圭介《けいすけ》がほしいと願《ねが》っている力だった。

「すっげ！　それがほんとなら……うん！　ほしい！　じゃなくて、貸してください！　お願《ねが》いします！」

「それじゃ、契約《けいやく》の握手《あくしゅ》をしましょ」

差《さ》し出《だ》された大きな手を、圭介《けいすけ》はぎゅっとつかんだ。

なんだかわくわくする。ん？　あれ？　今、このおっさん、じゃなくて、もののけ屋さんの着物が動かなかったか？　あ、やっぱり動いてる。ずるずるって、着物の柄《がら》の一つが、袖《そで》のほうにおりていっている。なんか、赤くて白い柄だ。よく目をこらすと、牙《きば》をはやした、でかい口みたいに見えるけど、なんなんだ？

圭介が見ている前で、大きな口の柄は、もののけ屋の手首近くまでやってきた。圭介と握手をしているほうの手首だ。と、その柄がふっとかき消えた。

次の瞬間《しゅんかん》、圭介は手のひらに痛《いた》みを感じた。なにか小さな生き物に、がぶっと噛《か》みつかれたみたいな痛みだ。

「いって！」

悲鳴をあげて、圭介は手をもぎはなし、ばたばたさせた。やっとのことで手のひらを見てみると、うっすらと、赤い影《かげ》っぽいものが見えた。でも、それはすぐに消えてしまって、なんなのかはわからなかった。

もののけ屋が、うきうきとした声で言ってきた。

「はい。ふた口ちゃんの貸《か》し出《だ》し、完了《かんりょう》。貸し出し期限《きげん》は、ぼっちゃんが小学校を卒《そつ》業《ぎょう》するまでにしてあげるわ。あと、ふた口ちゃんのことなんだけど、一日一回は、なにか食べるものをあげてちょうだいね。なんでもいいし、ほんのちょっとでかまわないから。こちらからの条件《じょうけん》はそれだけよ」

うまくお使いなさいねと、もののけ屋はにこりとした。

そのとたん、足元の闇《やみ》がさあっと濃《こ》くなり、圭介《けいすけ》たちを包《つつ》みこんだ。

次に気づいた時には、圭介は自分の家の前に立っていた。手のひらを見てみたが、なにもない。

「なんだよ……夢《ゆめ》でも見てたのかな？」

この時、おなかがぎゅるぅっと鳴った。

そうだった。腹《はら》ペコだったんだ。なんかおやつ食べなくちゃ。

圭介《けいすけ》は急いで家に駆《か》けこんだ。

その夜、「ごはんよ」と、お母さんに呼《よ》ばれ、圭介はキッチンに行った。今夜は大《だい》好《す》きなハンバーグだ。だが、「よっしゃ!」とガッツポーズは決められなかった。テーブルの上には、圭介の大嫌《だいきら》いなカボチャの煮物《にもの》もあったのだ。

ちぇっ! お母さんったら! カボチャなんか出したりして、なんだよ! せっかくのハンバーグの喜《よろこ》びが、だいなしになっちゃうじゃないか。

むかむかしながら、圭介は席《せき》につき、ハンバーグとつけあわせのポテトサラダだけを、ひたすら食べ始めた。他のおかずには見向きもしない。

お母さんは圭介に甘《あま》いが、さすがに黙《だま》っていられなかったのだろう。おずおずと口を開いてきた。

「ねえ、圭ちゃん。お願いだから、カボチャ、一つだけでも食べてみて。甘くてほっくりして、まるでお菓子《かし》みたいにおいしいから」

圭介はむくれた顔で、いやだよと言おうとした。その時だ。

「た、食べたい……」

右の手のひらから、小さな小さな声が聞こえてきた。

「えっ？」

圭介《けいすけ》は右手を見た。

赤い筋《すじ》が一本、手のひらに走っていた。まるで傷跡《きずあと》みたいだったが、ふいにその傷口がぱくりと二つに割《わ》れて、ずらりと牙《きば》をはやした口になった。

口が動いた。

「食べたい……」

しゃべった。間違《まちが》いない。この口がしゃべったんだ。

目を丸くして右手を見つめる圭介に、お母《かあ》さんが心配そうに声をかけてきた。

「どうしたの、圭ちゃん？　手がどうかしたの？」

「う、ううん。なんでもないよ。……あ、あのさ……カボチャ、食べてみるよ」

「ほんと！」

「うん……」

圭介《けいすけ》は、震《ふる》えないようにしながら、そうっとカボチャの煮物《にもの》をひとかけら、皿にとった。そして、口に運ぶふりをしながら、右手にささやきかけた。

「カボチャ、食べていいよ」

その瞬間《しゅんかん》、箸《はし》の先からカボチャが消えた。すっと、消えたのだ。見れば、手のひらの口が、むぐむぐと、少し動いている。

お母さんが感激《かんげき》したように言ってきた。

「まあ、圭ちゃん！　食べられたじゃないの！　すごいわ！」

お母さんは気づいていないんだ！

圭介はもう一度、カボチャを箸でつまんだ。口に運ぶ途中《とちゅう》で、それはなくなった。

次はハンバーグをつまんだけれど、それは自分で食べることができた。

どうやら「食べていいよ」と言ったものだけを、手のひらの口は食べてくれるようだ。しかも、その様子は、他人には絶対《ぜったい》見えない。まるで圭介が食べているように見えるらしい。

こいつはすごいぞと、圭介《けいすけ》は興奮《こうふん》した。これが、もののけ屋が貸《か》してくれたパワー、「ふた口」なんだ。この口があれば、嫌《きら》いなものを残《のこ》さずにすむ。「また残すの？」とか「食わず嫌いはよくないぞ。一口だけでも食べてみろ」とか、いちいち言われないですむ。なんて最高《さいこう》なんだ。

翌日《よくじつ》、圭介はうきうきと学校に行った。今日の給食《きゅうしょく》の献立《こんだて》は、ごはんに、ワカメの味噌汁《みそしる》、ひじきの煮物《にもの》、さんまのかば焼《や》き、そしてデザートのみかん。圭介が食べられるのは、ごはんと味噌汁の汁くらいだ。

でも、いいさ。ごはんと味噌汁を多めによそってもらえば、家に帰るまではもつだろう。残りのおかずは、手のひらの相棒《あいぼう》が片《かた》づけてくれるはずだ。

給食の時間がやってきた。トレイに並《なら》んだおかずを見て、同じ班《はん》の翔太《しょうた》がにやにやと声をかけてきた。

「圭介、やばいじゃん。今日、食うものねえんじゃね？　俺《おれ》、みかんとかば焼きなら、もらってやってもいいぞ?」

恩着《おんき》せがましい翔太《しょうた》を、ふふんと、圭介《けいすけ》は鼻で笑《わら》った。

「やらないよ。これ、全部食うんだもん」

「えっ? 圭介が? 無理《むり》っしょ?」

「できるよ。まあ、見ていろ!」

圭介は席《せき》に座《すわ》った。じつは、ちょっぴり不安でもあった。自信満々《じしんまんまん》に言ってみせたけど、大丈夫《だいじょうぶ》かな? 今日も、ふた口はちゃんと働《はたら》いてくれるだろうか?

そうこうするうちに、給食《きゅうしょく》は全てくばられ、先生が言った。

「はい、じゃあ、みなさん。いただきます!」

「いただきます!」

圭介が恐《おそ》る恐《おそ》る箸《はし》を手に取ると、あの声が聞こえてきた。

「食べたい……」

圭介はにんまりした。よしよし。

「ごはんと、味噌汁《みそしる》の汁は、俺《おれ》が食べる。他のは全部食べちゃっていいよ」

圭介《けいすけ》はささやき、ひじきの煮物《にもの》を箸《はし》でつまんだ。それは、口に運ぶ前にきれいになくなっていた。かば焼《や》きも、味噌汁の具も、あっという間に片《かた》づいていく。この様子に、翔太《しょうた》も、他のクラスメートたちも、目を見張《みは》った。

「おまえ……好《す》き嫌《きら》いなくなったの？　え、なんで？　どうして？」

「別《べつ》に。ただ、四年生にもなって、好き嫌いとか言うのって、みっともないだろ？　だから、なんでも食べることにしたんだよ。おまえもさ、翔太、味噌汁のワカメ、ちゃんと食えよな」

「うわあ、よりにもよって、圭介にそんなこと言われるなんて。ショック！　俺、超《ちょう》ショックなんですけど！」

大袈裟《おおげさ》に騒《さわ》ぐ翔太を無視《むし》して、圭介はゆっくりとごはんと味噌汁を食べ始めた。

ああ、うまい。ただの白いごはんだけど、今日はスペシャルにうまい気がする。具のない味噌汁も最高《さいこう》だ。嫌いなものを食べずにすむって、なんて幸せなんだろう。

その日から、圭介《けいすけ》の人生はバラ色になった。もう、どんなに嫌《きら》いなものが出てきたって、平気だ。宿敵《しゅくてき》のピーマンと春菊《しゅんぎく》が食卓《しょくたく》に現《あらわ》れようと、びくともしない。ただ、食べるふりをすればいいだけで、あとのことは全部ふた口が引き受けてくれる。

ああ、ふた口って最高《さいこう》だ！

圭介はすっかりご機嫌《きげん》だった。

ある日、珍《めずら》しく圭介の好物《こうぶつ》ばかりが給食《きゅうしょく》に出た。イチゴジャムにロールパン、ソーセージに、クリームシチュー。クリームシチューも、うまい具合にジャガイモと肉だけで、ニンジンやグリンピースは一つも入っていなかった。

ラッキーと、圭介はきれいにたいらげてしまった。

さらに、いいことは重なるもので、その日の夕食はすごいごちそうだった。ローストビーフに、ポテトサラダ、からあげ、海老《えび》フライ、ミートソーススパゲッティ、バナナパフェ。みんな、圭介の好物ばかりだ。

「どうしたの、これ？」

「最近《さいきん》、圭《けい》ちゃん、出されたものをなんでも残《のこ》さず食べてくれるでしょ？　えらいなあと思って、ママ、今日は圭ちゃんの大好物《だいこうぶつ》ばかり作ったの。ちょっとバランスは悪いけど、今日くらいはいいかなって思って。たくさん食べてね」

「うわ、すげ！　いただきます！」

圭介《けいすけ》はテーブルにとびつき、がつがつ食べ始めた。「食べたい」と、ふた口がうったえてきたが、圭介は無視《むし》した。せっかくのごちそうだ。一口だって、わけてやりたくなかった。今日は給食《きゅうしょく》もなにもわけてやらなかったのだが、別《べつ》にいいだろうと、圭介は思った。

（おまえはいつもいっぱい食べてるじゃん。我慢《がまん》しろよ）

圭介が心の中でしかりつけると、ふた口はだまりこみ、それ以上《いじょう》は何も言ってこなかった。

その夜、圭介は幸せな気分でベッドに横になった。ああ、いっぱい食べた。おなかぱんぱんで、ちょっと苦しいくらいだけど、この感じがたまらなくいいや。

たちまち眠気《ねむけ》がやってきて、圭介《けいすけ》は眠りの世界に落ちていった。

「食べたい」

突然《とつぜん》の声に、圭介は目を覚《さ》ました。

「んあ？　なに？　なんだって？」

電気をつけてみたが、部屋《へや》には誰《だれ》もいない。

「食べたい！」

また声がした。さっきよりも大きな声。これは、ふた口の声？

圭介は右手を見た。見て、ぎょっとした。ばっくりと、ふた口が大きく口を開いていたのだ。鋭《するど》い牙《きば》が全部むきだしになっている。

「食べたい！　食べたい！　食べたい！」

ふた口の声が大きくなっていく。それとともに、ふた口はふくれあがってきた。圭介の手のひらから、ぐにぐにと、もりあがり、どんどん大きく口を開いていく。

「う、うわあああっ！」

圭介《けいすけ》が悲鳴をあげた時には、もう遅《おそ》かった。

ほんのふた口で、圭介は食べられてしまった。

かけらも残《のこ》さず圭介をたいらげたあと、ふた口はげっぷをして、窓《まど》の隙間《すきま》から外へと出ていった。向かったのは、近くの路地裏《ろじうら》で、そこにもののけ屋が待っていた。

「お帰り、ふた口ちゃん。あの子、おいしかった？　……そう。それはよかった。それにしても、馬鹿《ばか》な子ね。毎日少しでも食べ物をあげれば、ふた口ちゃんの食欲《しょくよく》をおさえられたのに。だいたい、今の人間って、感謝《かんしゃ》ってものが足《た》りないのよね。まあ、そういう人間のほうが、ふた口ちゃんにとっては、いいデザートになるわけだけど」

そんなことをつぶやきながら、もののけ屋はふた口を羽織《はおり》の百鬼夜行《ひゃっきやぎょう》の中に戻《もど》したのだった。

夜叉蜘蛛
やしゃぐも

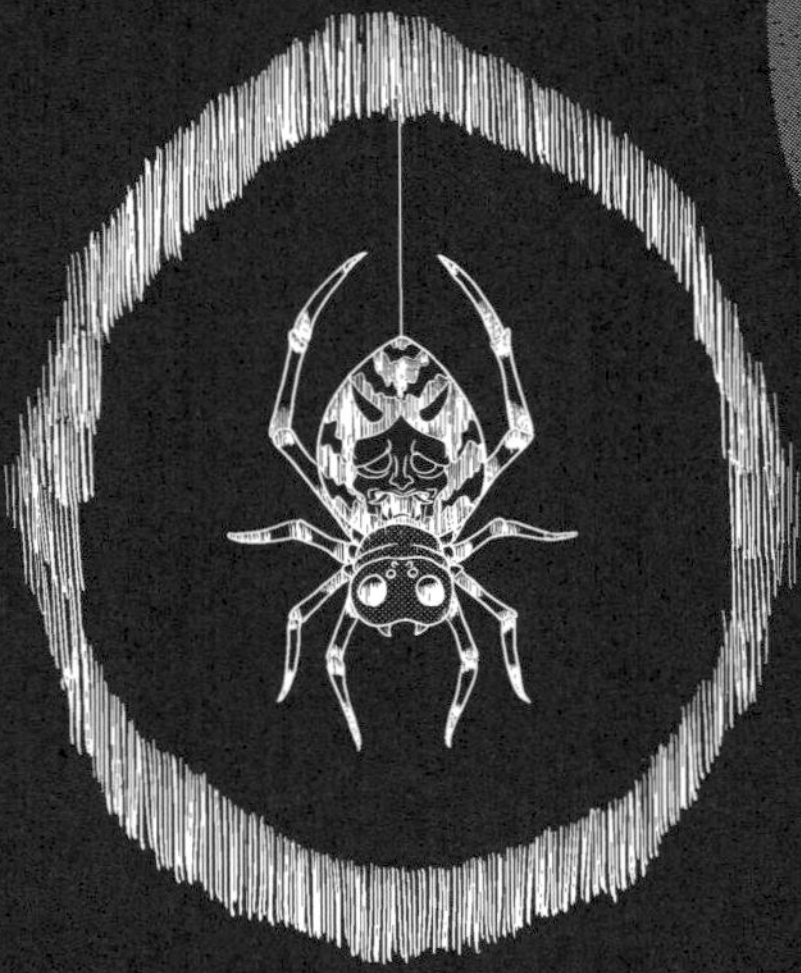

庄司《しょうじ》は時計を見た。四時半。そろそろ家を出ないと、約束《やくそく》の時間に遅《おく》れてしまう。

でも、庄司は行きたくなかった。

（やばいよ！　肝試《きもだめ》しなんか、行きたくないよ！）

庄司は臆病《おくびょう》だった。弱虫で泣《な》き虫《むし》で、どうしようもない。小学三年生にもなって、みっともないとは思うけど。ホラー映画《えいが》がだめ。怪談《かいだん》がだめ。絶叫《ぜっきょう》マシーン系《けい》も全部だめ。中でも、暗いところが苦手だった。

とにかく怖《こわ》いのだ。暗いところや黒ずんだ影《かげ》とかをのぞくと、何か得体《えたい》の知れないものが見えてきてしまうような気がする。何か見えかけた時は、慌《あわ》てて目をそらすのだが、それでも心臓《しんぞう》はばくばくだ。

それなのに、夜の小学校に肝試しに行くはめになるなんて。いったい、なんの拷問《ごうもん》だろう。

（肝試し……）

考えるだけで、おなかがぎゅっとしぼられるような気がした。だけど、行かないと、明日から絶対仲間外《ぜったいなかまはず》れにされる。なにしろ、今回の肝試《きもだめ》しの計画を立てたのは、三年二組のボス、原山理沙《はらやまりさ》なのだ。

体が大きくて、幼稚園《ようちえん》の頃《ころ》から柔道《じゅうどう》をやっていて、向かうところ敵《てき》なしの理沙。おっかない兄ちゃんたちが三人もいるから、誰《だれ》も理沙には逆《さか》らえない。そして、理沙は自分にちょっとでも反対されるのが、大嫌《だいきら》いなのだ。

もし、庄司《しょうじ》が肝試しに来なかったら、「あいつ、ゴミ決定」と、容赦《ようしゃ》なくクラス全体に命令《めいれい》を出すだろう。それはそれで怖《こわ》い。

やっぱり行かなければ。

(学校の怪談《かいだん》なんてうそだよ。あるわけない。夜の学校はただ暗くて、子供《こども》がいないだけ。理沙だって、すぐにあきて、帰ろうって言うはずさ)

庄司はいやいや家を出た。

季節《きせつ》は十二月。まだ四時半だが、すでに暗くなり始めている。それに不吉《ふきつ》なくらい寒い風が吹《ふ》いていた。

首をすくめ、猫背《ねこぜ》になりながら、庄司《しょうじ》はとぼとぼと集合場所の学校へと歩いていった。赤い夕焼《ゆうや》けがいやだった。どんどん冷《つめ》たくなってくる空気がいやだった。なにより、暗さが増《ま》しているのがいやでたまらなかった。

(ああ、怖《こわ》い怖い！　行きたくないよ！)

思わず鼻をすすりあげた時だ。

「それなら、お守りを貸《か》してあげましょうか？」

いきなり誰《だれ》かが話しかけてきた。

顔をあげた庄司はびっくりした。すぐ目の前に、大きな男の人が立っていたのだ。ぼうず頭で、なんとも派手《はで》な格好《かっこう》をしている。一瞬《いっしゅん》、お笑《わら》い芸人《げいにん》かと思ったが、庄司はぞくりとした。

この感じ。背中《せなか》に氷の袋《ふくろ》を押《お》し付《つ》けられるようなこの感じは……。

どっと冷《ひ》や汗《あせ》がふきだしてきた。これはまずい。このおじさんは……アレと同じものだ。庄司が、闇《やみ》の中に感じるものと、同じものだ。

どうして？　どうして、ぼくに話しかけてきたりするんだ？

パニックを起こしかける庄司《しょうじ》に、男の人は手招《てまね》きした。ぐいっと体をひっぱられ、庄司はいやおうなく男の人の前に立たされた。

がたがたと、声も出ないほどおびえている庄司に、男の人が笑《わら》った。

「あのねえ、そんなにおびえないでちょうだいよ。あたし、傷《きず》ついちゃうわぁ」

やわらかな言葉づかい。ふざけているような口調。でも、声は深く、優《やさ》しい感じがした。

一瞬《いっしゅん》気を抜《ぬ》きかけたが、庄司は急いで目をぎゅっとつぶった。

だまされないぞ。こいつはあの怖《こわ》いものと同じなんだから。ああ、これは夢《ゆめ》だ。現《げん》実《じっ》なんかじゃない。このおじさんは、ほんとはいないものなんだ。絶対《ぜったい》そうだ。次に目を開けた時には、消えてなくなってる。消えちゃってるんだ、絶対。

ところが、恐《おそ》る恐《おそ》る目を開けてみると、おじさんはまだそこに立っていた。ちょっと困《こま》ったような笑顔《えがお》で、こちらを見ている。

「うっ……」

「残念《ざんねん》でした。用がすむまでは、消えるわけにはいかないのよ、大野庄司君《おおのしょうじ》」

「ぼ、ぼくの名前……」

「ええ。知ってるわ。これから友達《ともだち》と肝試《きもだめ》しに行くってこともね。でもねえ、言いたくないんだけど、このままで夜の学校に入ったら、あなた、たぶん無事《ぶじ》に出てこられないわよ」

庄司は、頭のてっぺんから足のつまさきまで、氷の電流が走ったような気がした。

このおじさんは本当のこと言っている。ぼくはやっぱり、肝試しに行くべきじゃないんだ。ああ、怖《こわ》いよ。めちゃくちゃ怖いよ！

がたがた震《ふる》えている庄司に、おじさんがそっとささやいてきた。

「大丈夫《だいじょうぶ》。あたしがお守りを貸《か》してあげるから。それを持っていけば、どんなことがあっても大丈夫よ。どう？　貸してほしくはない？」

庄司は初《はじ》めておじさんをまっすぐ見た。

「……おじさん、誰《だれ》なの？」

「あたしはもののけ屋」

もののけ屋がふわっと微笑《ほほえ》んだ。

その瞬間《しゅんかん》、まわりの足元の影《かげ》が濃《こ》くなったように、庄司《しょうじ》は感じた。

このもののけ屋からは、悪いものは感じない。でも、いいって感じもしない。それが庄司を不安《ふあん》にさせた。

ああ、でも、どうしてもお守りはほしい。身《み》を守るものを持っていないと、とても肝試《きもだめ》しになんか行けそうにない。

庄司はついに折《お》れた。

「お、お願《ねが》いします。ぼくにお守り、ください」

「そう言ってくれると思ってたわ。じゃ、握手《あくしゅ》しましょ」

はしゃいだ声をあげながら、もののけ屋は手を出してきた。庄司はもののけ屋と握手をした。

手と手が触《ふ》れたとたん、庄司《しょうじ》は何かものすごい気配を感じた。目の前にいるもののけ屋がいきなり巨大《きょだい》にふくれあがったように見えた。いや、もののけ屋が大きくなったのではなく、もののけ屋のまわりに、無数《むすう》の奇怪《きかい》なモノどもが集まっているのが浮《う》かびあがってきたのだ。

そいつらはもののけ屋にしがみつきながら、じっと庄司を見ていた。そして、そいつらの中から、何か黒くて、足がたくさんあるものが、ぴょんっと、庄司に飛《と》びついてきた。

「うわあああっ！」

悲鳴をあげて、庄司はもののけ屋の手をふりはらって、逃《に》げだした。

いちもくさんに逃げていく少年に、もののけ屋はにっと笑《わら》った。

「なんとも勘《かん》の鋭《するど》い子だわねえ。これは期待できそうだわ」

さて、庄司は走りに走った。家に帰るつもりだった。もう理沙《りさ》や仲間外《なかまはず》れのことなんか、どうでもいい。一刻《いっこく》も早く、安全な家に戻《もど》らなくちゃ。

でも、あまりにパニックになっていたせいだろうか。気づいた時には、庄司《しょうじ》は学校の門の前に来ていた。

「うわっ！」

庄司は慌《あわ》てて帰ろうとしたが、先に来ていた仲間《なかま》たちが庄司に気づいてしまった。

「あ、庄司。やっと来たのか」

「こっちこっち。もう。来ないかと思ったぜ」

「うっ……」

こうなってはもう逃《に》げられない。

庄司は観念《かんねん》して、とぼとぼと仲間たちのほうに近づいていった。

メンバーは六人。男子は、彰吾《しょうご》、秀樹《ひでき》、庄司。女子は、瑠奈《るな》、あゆ、そして理沙《りさ》だ。

理沙は腕《うで》をくんで、庄司を睨《にら》みつけてきた。

「おせーよ、庄司」

男の子のように乱暴《らんぼう》な口調で話す理沙。気の弱い庄司は、これだけでげんなりしてしまう。

（ああ、なんで神様は理沙《りさ》みたいな女の子、作ったんだろう？　乱暴《らんぼう》だし、口悪いし、たちが悪すぎるよ）

庄司《しょうじ》がそんなことを考えていると、いきなり理沙がげんこつを見舞《みま》ってきた。

「いたっ！　な、なにすんの！」

「なんかむかついたんだよ。文句《もんく》あるのかよ、こら？」

「……ありません」

「ったく。庄司のせいで時間がずれちゃったじゃん。七時半には肝試《きもだめ》しを終わらせないといけねえんだからな。八時には家に帰っとかないと、富田《とみた》んちで勉強会してるってうそが、ばれるからな。ほら、学校に入るぞ！」

理沙の号令《ごうれい》で、みんなは学校の門を乗りこえた。

今日は土曜日なので、はなから学校には人気《ひとけ》がない。静《しず》まり返《かえ》り、夜の気配にひたり始めた校舎《こうしゃ》に、子供《こども》たちはこっそりと忍《しの》びこんだ。

昨日《きのう》のうちに、理沙《りさ》がカギをあけておいた一階女子トイレの上の窓《まど》から、むりやり入った。庄司《しょうじ》はうまく着地できず、大きな音を立てて、理沙に大目玉をくらってしまった。

「静《しず》かにって言っただろ！　なにやってんだよ！　このどじ！」

「ご、ごめん。すみません」

一方、のん気ですけべな彰吾《しょうご》は、物珍《ものめずら》しそうに女子トイレの中を見まわした。

「へえ。女子トイレって、こんなふうになってんのか。ウンコ部屋ばっか……」

ごんと、理沙が鉄拳《てっけん》を見舞《みま》った。

「くだらねえこと言ってんじゃねえよ、彰吾」

「ご、ごめん」

「もうっ！　彰吾ってば、サイテー！」

「ほんと。サイテー！」

瑠奈《るな》とあゆが、声をそろえて彰吾をなじった。この二人は、なにかというと「サイテー！」と言うのだ。これまた庄司《しょうじ》は苦手だった。

（それにしても……夜の女子トイレって怖《こわ》すぎ）

ほの白いタイル張《ば》りのトイレの中は、妙《みょう》に寒々として、気味が悪かった。個室《こしつ》がたくさんあるところも、怖かった。何か恐《おそ》ろしいものが個室の中に隠《かく》れて、こちらをうかがっているように思えてくる。

（気持ち悪い……。さっさと終わらせて、ここを出ないと）

お腹《なか》の中がぞわぞわして、じっとしていられなかった。庄司はか細く声をあげた。

「早く音楽室を見にいこうよ」

弱虫の庄司の言葉に、みんなはちょっと黙《だま》った。理沙《りさ》がふんと鼻を鳴らした。

「あんたに言われなくても、わかってるよ。ほら、行くよ！」

「う、うん。あ、待って、理沙ちゃん！」

「ちょっと、瑠奈《るな》。あんま離《はな》れないでよ」

「あゆ。俺《おれ》が手ぇつないでやってもいいよ」

「死《し》んでもお断《ことわ》り」

六人はほとんどひとかたまりになりながら、トイレを出て、廊下《ろうか》に立った。その時は、さすがの理沙《りさ》でさえ息をのんだ。

すでに、夜になっていた。今夜は月明かりすらなく、校舎《こうしゃ》は闇《やみ》の中に取《と》り残《のこ》されていた。廊下は漆黒《しっこく》にぬりつぶされ、懐中電灯《かいちゅうでんとう》を向けても、五メートルくらいしか照《て》らせない。

そして、その静《しず》けさときたら。完全《かんぜん》に無音《むおん》というのではなく、何かが息を殺《ころ》しているような、そんな不気味《ぶきみ》な静けさなのだ。

想像《そうぞう》していた以上《いじょう》の怖《こわ》さに、庄司《しょうじ》は早くも涙目《なみだめ》になった。それに、心臓《しんぞう》がずきずきするようなこの圧迫感《あっぱくかん》。

庄司は天井《てんじょう》を見た。

いる。間違《まちが》いなく、この上の階に何かがいる。まだ自分たちに気づいてはいないけど。もし、気づきでもしたら……。

やっぱりやめよう。引き返したほうがいい。早くここを抜《ぬ》け出《だ》さないと。

だが、庄司《しょうじ》がそう言う前に、理沙《りさ》が前に歩きだしてしまった。

「男子。早く来いよ。怖《こわ》いのかよ？」

理沙にしかりつけられ、彰吾《しょうご》と秀樹《ひでき》がむっとした顔をした。

「誰《だれ》が怖いかよ」

「男なめんなよ、理沙。ほら、庄司。行くぞ」

「うわわっ、ぼ、ぼく……」

「いいから、早く来いって」

秀樹たちに腕《うで》をつかまれ、庄司は引きずられてしまった。本当は足をふんばって抵《てい》抗《こう》したかったのだが、腰《こし》から下がクラゲのようにグニャグニャになってしまい、まるで力が入らない。というよりも、体が何かに引《ひ》き寄《よ》せられているような感じだ。

ますますいやな予感がした。

一同は階段《かいだん》をのぼって、二階に到着《とうちゃく》した。これまた真っ暗な廊下《ろうか》が続《つづ》いている。お目当ての音楽室は、廊下《ろうか》の一番奥《おく》だ。

子供《こども》たちは、自然《しぜん》と呼吸《こきゅう》が早くなった。ここの闇《やみ》は、一階の闇とは何かが違《ちが》ってい
た。べっとりしていて、重苦しい。

廊下の中ほどまで来たところで、瑠奈《るな》がおびえた声でささやいた。

「ほ、ほんとに出るのかな、音楽室って?」

「……たぶん、ほんとなんだろ。三人も見てるし」

「それに、その三人とも、足に怪我《けが》して、学校来なくなっちまったもんな」

ちらちらと、理沙《りさ》の顔をうかがいながら、秀樹《ひでき》がつぶやいた。

理沙がきゅっと口をひきむすんだ。

音楽室には魔物《まもの》が住んでいる。そいつは、きれいな足を持つ子供を襲《おそ》う。

いつのころからか、そんな噂《うわさ》が広まるようになった。実際《じっさい》に、その魔物を見たとい
う子供が三人、足を怪我して、入院してしまった。そのうちの一人が、理沙の親友、
薫《かおる》だったのだ。

理沙《りさ》は許《ゆる》せなかった。薫《かおる》に怪我《けが》をさせて、「もう学校に行きたくない」と泣《な》かせた化け物が、どうしても許《ゆる》せなかった。だから、肝試《きもだめ》しするからと、メンバーを集めたのだ。本当に音楽室に魔物《まもの》がいるのか、確《たし》かめるために。

うめくように理沙は言った。

「もし本当にいたら、ぜってぇやっつける」

「や、やっつけるって……理沙、ちょっと落ち着きなよ」

「そうよ。今日はいるのかどうか、確かめるだけって約束《やくそく》でしょ？」

「大丈夫《だいじょうぶ》だって。ちゃんと退治《たいじ》するもの持ってきたんだから」

理沙はポケットから小さな袋《ふくろ》を取り出してみせた。

「なにこれ？」

「塩《しお》だよ。魔除《まよ》けになるんだって。魔物が出たら、こいつをぶつけてやればいいんだ。あんたたちもひとつかみずつ、とっときな」

「あ、うん」

「あ、あたしにもちょうだい！」

「俺《おれ》も！」

みんなは急いで塩《しお》をつかんでいった。庄司《しょうじ》もわけてもらおうとした時だ。

ふいに、空気がずんと重くなった。

「……っ！」

誰《だれ》もが目を見張《みは》った。

まるで生臭《なまぐさ》くて、ねばついた水の中に、落ちてしまったかのようだ。息をするのも苦しく感じる。

「な、なんだ、これ！」

「ちょっとぉ！　うそでしょ！」

「しゃれになんねえぞ！」

みんなが口をぱくぱくさせていると、からからっと、前のほうで音がした。

子供《こども》たちはいっせいに黙《だま》った。

今のは、間違《まちが》いなくドアが開く音だ。そして、この先にあるのは音楽室だけだ。

彰吾《しょうご》が震《ふる》える手で、懐中電灯《かいちゅうでんとう》を前に向けた。だが、五メートルくらいしか照《て》らせず、その向こうには闇《やみ》が広がるばかり。

べちゃり。

ふいに、濡《ぬ》れた足音がした。

べちゃり。

さっきよりも大きく、近くに聞こえる。

べちゃり。

ああ、間違《まちが》いなくこっちに近づいてきている。

この間、庄司《しょうじ》は必死《ひっし》で祈《いの》っていた。

(ああ、神様《かみさま》、助けて！　こんなのうそだ！　空耳《そらみみ》だ。なにも出てきやしない！　うそだうそだうそだ！)

足音が聞こえた時から、庄司は目を閉《と》じていた。もう怖《こわ》い思いをするのはやだ。まっぴらだ。誰《だれ》が何と言おうと、もう絶対《ぜったい》に前には進まない。目を開けたりするもんか。

だが、「ひっ！」という誰かの叫《さけ》び声《ごえ》に、庄司《しょうじ》は思わず目を開けてしまった。そして見たのだ。よわよわしい懐中電灯《かいちゅうでんとう》の明かりの中に、何かがはいずるように出てくるのを。

それは廊下《ろうか》をふさいでしまうような、巨大な黒い金魚だった。出目金《でめきん》のように目がつきでていたが、その目は魚ではなく、人間の目だった。しかも、腹《はら》のあたりからは青白いぬれた人間の足が二本、にょっきりと生えている。

ぬらぬらと体を光らせながら、黒い出目金の化け物は子供《こども》らを見た。そして、子供のように愛《あい》くるしい声で、しゃべってきたのだ。

「あ、足……足、ちょうだい」

誰も、気の強い理沙《りさ》でさえも、身動き一つとれなかった。

「うわあああっ！」

「ぎゃあああっ！」

最初《さいしょ》に叫《さけ》び声《ごえ》をあげて、逃《に》げだしたのは彰吾《しょうご》と秀樹《ひでき》だ。二人は転がるように廊下《ろうか》を走っていった。それにつられて、女子たちも我《われ》に返った。

「ちょっ！　お、おいてかないでぇ！」

「待って！　ぎゃああああっ！」

「いやあああっ！」

泣《な》き叫びながら、あゆと瑠奈《るな》も逃げていった。残《のこ》ったのは理沙《りさ》と庄司《しょうじ》だけだった。

理沙は真《ま》っ青《さお》になって震《ふる》えていたが、それでも一生懸命《いっしょうけんめい》化け物を睨《にら》みつけていた。

一方の庄司はというと、足に根がはえたかのように、床《ゆか》にぬいとめられていた。いっそのこと気絶《きぜつ》でもしたかったが、あまりの恐怖《きょうふ》に、それすらできない。息をするのがやっとだ。

「足ちょうだい。足、ほ、ほしい……足足足ぃ！」

くわっと口を開けて、化け物がこちらに向かって突進《とっしん》してきた。

「このっ！　死《し》ね！」

理沙《りさ》は塩《しお》を投げつけたが、化け物はひるみもしなかった。理沙に体当たりして、ふっ飛《と》ばすと、化け物はゆっくりと理沙の足をくわえた。

食べるつもりだ！

初《はじ》めて理沙が悲鳴をあげた。

「いやあああ！　お母さん！　いやあああ！」

その悲鳴に、ようやく庄司《しょうじ》は体が動いた。何も考えず、前に飛び出したのだ。

（わあああっ、ぼくってば馬鹿《ばか》！　なんで逃《に》げないんだよ！　無理《むり》だって！）

気づいて心の中で叫《さけ》んでも、もう体は止まらない。理沙の足を食《く》いちぎろうとしている化け物に向かって、庄司はぶつかっていった。

化け物にぶつかる寸前《すんぜん》、なぜかもののけ屋を思い出した。怒《いか》りがこみあげた。

（もののけ屋のおじさんのうそつき！　お守りなんて、くれなかったじゃないか！）

いいや、もののけ屋は約束《やくそく》を守ったぞ、こわっぱ。

ふいに、聞いたことがない声が、体の中から響《ひび》いてきた。

その瞬間《しゅんかん》、庄司《しょうじ》は右手を化け物にかざし、頭の中に浮《う》かんだ言葉を叫《さけ》んでいた。

「夜叉蜘蛛《やしゃぐも》！」

かっと、庄司の右手から白い光がほとばしった。

光は細かな網《あみ》のように、目の前の化け物にかぶさった。化け物は慌《あわ》てて逃《に》げようとしたが、光の糸はあとからあとから現《あらわ》れ、化け物をからめとり、逃がさなかった。

ついにはしっかりと化け物をくるみこみ、丸いボールのようにしてしまった。と、そのボールが縮《ちぢ》みだした。糸につぶされるように、だんだんと小さくなっていき、ついにはどんぐりほどの大きさにまでなって、ころりと、床《ゆか》に転がった。

ふうっと、庄司は息を吐《は》きだした。もう、あの重苦しい空気は消えていた。まがまがしい闇《やみ》の気配も、もうない。

助かったんだ。

庄司はおそるおそる白いボールを拾い上げた。ほんのりと冷たくて、少しやわらかい。ボールと言うより、虫の繭《まゆ》みたいだ。

どうしようと迷《まよ》っていると、またあの不思議《ふしぎ》な声がした。

持っていけ。

「は、はい！」

庄司《しょうじ》はボールをポケットの中に入れた。それから、理沙《りさ》のもとに駆《か》け寄《よ》った。

理沙はすっかりパニックを起こし、泣きじゃくっていた。顔中、涙《なみだ》と鼻水とよだれでべとべとだ。

「しょ、しょう、しょうじぃ！」

「大丈夫《だいじょうぶ》だよ、理沙。もう大丈夫だから」

「あ、足、が、食われたかも！　あ、あ、あいつ、あたしの足、足……」

「足はちゃんとついてるよ。大丈夫だから。ほら、立って。ここから出よう」

「う、うん。うん！」

わんわん泣《な》いている理沙を支《ささ》えながら、庄司はなんとか校舎《こうしゃ》の外に出た。校門のところまで歩いていって、庄司ははっとした。

もののけ屋が微笑《ほほえ》みながら立っていたのだ。

「お帰り、庄司《しょうじ》君。無事《ぶじ》でよかったわ」

知らない妖《あや》しい男の姿《すがた》に、理沙《りさ》がまたパニックを起こしかけた。

「だ、誰《だれ》！　誰、これ！」

「こ、この人は……」

庄司が説明《せつめい》に困《こま》っていると、もののけ屋がさっと手を振《ふ》った。すると、理沙の目がとろんとした。

おとなしくなった理沙に、もののけ屋は優《やさ》しく言った。

「家にお帰り、おじょうちゃん。あなたはなんにも覚《おぼ》えていなくていいのよ。今日の肝試《きもだめ》しは何もなかったんだから。いい？　何もなかったのよ」

「……はい」

理沙は素直《すなお》にうなずくと、ふらふらと一人で歩いていってしまった。

びっくりしている庄司に、もののけ屋はウィンクしてきた。

「記憶《きおく》を封《ふう》じさせてもらったのよ。今夜の肝試《きもだめ》しのことは覚《おぼ》えていないわ。そのほうがいいだろうから。ああ、他のお友達《ともだち》のことも心配ないわ。さっき、次々校舎《こうしゃ》から飛《と》び出《だ》してきたから、みんな同じように術《じゅつ》をかけて、家にちゃんと帰したわよ」

「……どうして、ぼくには術をかけないの？」

「貸《か》した夜叉蜘蛛《やしゃぐも》ちゃんと、ポケットの中に入っているものを渡《わた》してほしいからよ」

渡してくれるわよねと、もののけ屋はにこりと笑《わら》いかけてきた。

もののけ屋は、校舎の中で何があったのか、ちゃんと知っているのだ。

そう悟《さと》った庄司《しょうじ》は、ゆっくりとポケットからあのボールを取り出し、もののけ屋に差《さ》し出《だ》した。

もののけ屋は、大きな手で庄司の手を包《つつ》みこむようにして、ボールを受け取った。

その一瞬《いっしゅん》、庄司は何かが自分から抜《ぬ》けて、もののけ屋に移《うつ》るのを感じた。

「い、今の……」

「うん。夜叉蜘蛛ちゃんよ。お守りがわりに貸してあげたもののけ。ね？　ちゃんとあなたを守ってくれたでしょ？」

それから、もののけ屋はボールをつまみあげて、しげしげと見つめた。

「あらま。思った通り、なかなか見事なサイズの怨魚《おんぎょ》じゃないの」

「怨魚？」

「そう。学校を逃《に》げ出《だ》したいという子供《こども》の思念《しねん》と、水槽《すいそう》で死んでいった金魚たちの無《む》念《ねん》が合体して生みだされたモノのことよ。より完全《かんぜん》な足を求めて、子供を追いかける、新しいタイプのもののけ。と言っても、まだ完全じゃなくて、かたまりかけたゼリーみたいなものだけどね。世話をすれば、ちゃんとしたもののけになるはずよ。ずっと気になっていたんだけど、ようやく捕《つか》まえられたわ。ああ、これですっきりした」

さばさばと言いながら、ボールをふところに入れるもののけ屋に、庄司は押《お》し殺《ころ》した声で尋《たず》ねた。

「そんなにほしかったんなら、どうして自分で捕まえなかったの？」

「理由は簡単《かんたん》よ。この子、あたしの気配を感じると、隠《かく》れ場所から出てこなかったのよ。なにしろ、まだ念《ねん》だけで動いているにすぎない半端者《はんぱもの》だから。自分より強いものの気配を避《さ》けるってわけ。だから、別《べつ》の方法《ほうほう》をとることにしたの。あなたみたいな霊《れい》感《かん》がある子って、かっこうのエサ……いえ、おとりになるのよね」

「今、エサって……」

「あらま、やっだー！　あたし、そんなこと言ってないわよ！　空耳《そらみみ》よ、空耳！」

おほほほっと、もののけ屋はごまかすように笑《わら》った。

「ともかく、ほんと助かったわ。あなたたちは無事《ぶじ》だったわけだし、これでこの学校も安全になった。あたしも怨魚《おんぎょ》が手に入ってハッピー。うん。めでたしめでたしだわよねえ」

うなずきながら、もののけ屋はするすると後ずさりをして、暗闇《くらやみ》の中に消えていったのだ。

最後《さいご》に、とんでもない言葉を言《い》い残《のこ》して……。

月曜日、庄司《しょうじ》はぐったりとした顔で学校に行った。

昨日《きのう》はまる一日休んでいたのだが、まるで疲《つか》れがとれなかった。本物の化け物と対決したせいなのか、体がだるくてしかたない。

肝試《きもだめ》しに行ったみんなも、なんとなくさえない顔をしていた。

でも、ものの屋が言ったとおり、誰《だれ》も肝試しのことは覚《おぼ》えていなかった。それどころか、音楽室の魔物《まもの》の噂《うわさ》さえ消えてしまっていた。初《はじ》めから何もなかったかのように。

ああっと、庄司はうめいた。

これで、自分も何も覚えていなければ、万々歳《ばんばんざい》なのに。

頭の中に、もののけ屋の最後《さいご》の言葉がよみがえってきた。

「ね、庄司君。なりかけのもののけを見つけた時は、また捕獲《ほかく》を手伝ってもらってもいいかしら？　もちろん、お礼はするわよ？」

「えっ！　や、やです！　絶対《ぜったい》だめ！」

「ん～？　なんですってぇ？　全然《ぜんぜん》聞こえないんですけどぉ」

「ちょっと！　待って！　やだってば！　絶対無理《ぜったいむり》！」

だが、ふふふという笑《わら》い声《ごえ》を残《のこ》して、もののけ屋は消え去ってしまったのだ。

「また？　じょ、冗談《じょうだん》じゃないよ！　あんな怖《こわ》いの、二度とごめんだって！」

思わず頭をかかえていると、理沙《りさ》が近づいてきた。

「なにやってんだよ、庄司《しょうじ》？　頭でも痛《いた》いのか？」

「うっ……ううん。別《べつ》に」

「ふうん。でも、あんまいい顔してないじゃん。先生に言って、早退《そうたい》させてもらえば？　なんだったら、あたしから先生に言ってやろうか？」

「理沙が？」

庄司は目をむいた。理沙がこんな優《やさ》しいことを言ってくるなんて。夢《ゆめ》でも見てる気分だ。

理沙も、戸惑《とまど》ったような顔をしていた。声をひそめてささやいてきた。

「なんかさ。ちょっと変《へん》なんだよね。前はあんたのこと、男のくせに情《なさ》けねえやつって思ってたんだけど……今は、そうは思えないんだ。ほんと、わけわかんないんだけどさ」

理沙はふいに顔を赤くして、「ごめん。今のは忘《わす》れていいから」と言って、駆《か》けていってしまった。

あっけにとられていた庄司《しょうじ》だが、ようやく我《われ》に返った。

「もしかして……あの時、ぼくが助けようとしたの、なんとなく覚《おぼ》えてるのかな?」

そうだといいなと、庄司は思った。「それでも男かよ」と馬鹿《ばか》にされることが、少なくなるかもしれない。

そう思うと、少しだけ気持ちが軽くなってきた。

そうだ。何もかも悪いってわけじゃない。いいこともあったんだ。だから、もっといいことが起きるよう、努力《どりょく》しよう。

とりあえず、学校が終わったら神社によろうと、庄司は決めた。

魔除《まよ》けのお守りを買おう。神頼《かみだの》みもしよう。もののけ屋が、二度とぼくの前に姿《すがた》を現《あらわ》さないように、神様にお願《ねが》いしなくては。

遊児
ゆうこ

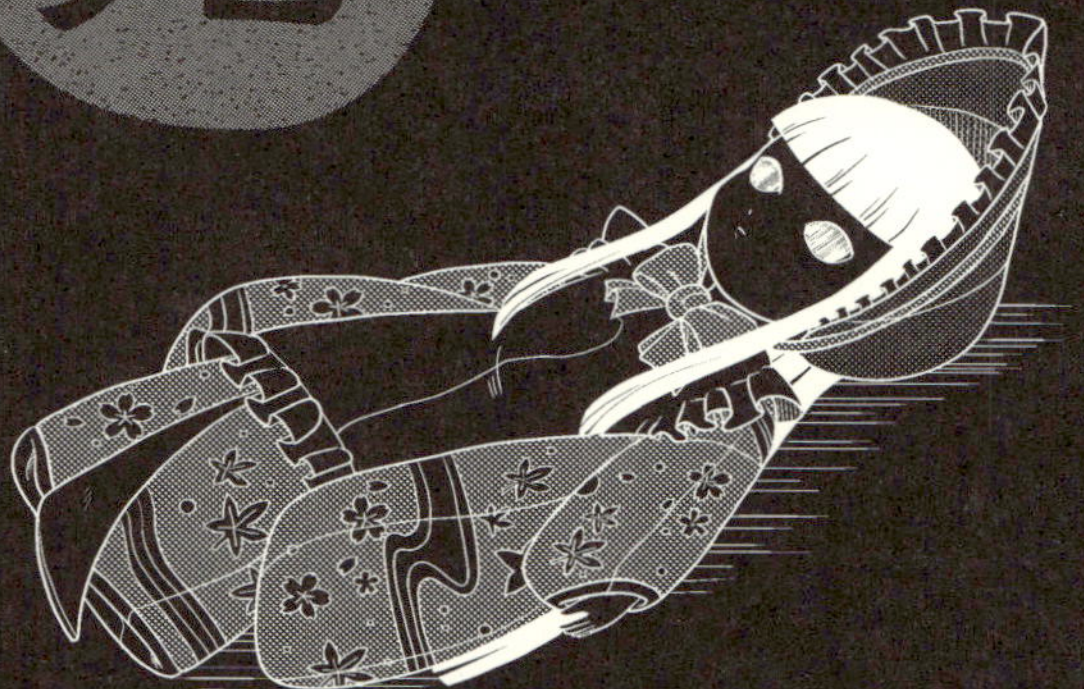

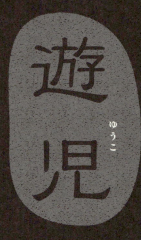

夜が来た。待ちわびていた夜だ。

麗華《れいか》はわくわくとベッドから起きた。もう真夜中《まよなか》で、病院の中は寝静《ねしず》まっている。電気もほとんどついていなくて、うす暗い廊下《ろうか》はかなり不気味《ぶきみ》だ。

でも、麗華はへっちゃらだった。この病院は、麗華にとっては家のようなものだったからだ。

麗華は昼間動くことができなかった。生まれつき、お日様の光を浴《あ》びると、肌《はだ》がひどくただれてしまう病気なのだ。昼間は一歩も外に出られないし、建物《たてもの》の中でも安心はできない。自然《しぜん》と、昼間は暗い部屋で眠《ねむ》り、夜起きるという生活になってしまった。

さびしいかって？

とんでもない。麗華はさびしさをまぎらわす方法《ほうほう》を、ちゃんと見つけていた。友達《ともだち》を見つければいいのだ。

この大きな病院には、子供《こども》もよく入院する。麗華は、夜中にこっそり子供部屋を訪《たず》ねて、気に入った子供と友達になるのだ。

最近《さいきん》、また新しい友達《ともだち》ができた。病気で入院してきた由梨《ゆり》ちゃんだ。歳《とし》は七歳《さい》で、麗華《れいか》と同じ。よく笑《わら》う、かわいい女の子だ。

麗華はすっかり由梨ちゃんが好《す》きになっていた。こうして夜になるのが待ちきれないくらいだ。

(あの子となら、ずっとずっと友達でいられそう)

そう思うだけで、思わず笑《え》みがこぼれてしまう。

たたたたっと、麗華は廊下《ろうか》を走った。見回りの先生や看護師《かんごし》さんたちに見つからないように、うす暗い影《かげ》から影へと滑《すべ》りこむ。

やっと由梨ちゃんのいる病室にたどりついた。大きな部屋で、入院している子供たちが六人入っている。

「由梨ちゃん。遊ぼう」

他の子たちを起こさないように、麗華は小さな声で呼《よ》びかけながら、由梨ちゃんのベッドに近づいた。

ところが、由梨《ゆり》ちゃんはいなかった。

麗華《れいか》は悲鳴をあげそうになった。

いない。いないいない！　由梨ちゃんがいない！　私《わたし》に黙《だま》って退院《たいいん》しちゃったの？

まさか、そんなこと、由梨ちゃんにかぎって、あるわけない。どうして？　どこにいるの？

よく見ると、ベッドはきれいにたたまれてあるが、まわりには由梨ちゃんの持ち物が残《のこ》っていた。子豚《こぶた》のぬいぐるみピグトンに、由梨ちゃんの家族の写真《しゃしん》、きれいなビー玉や貝殻《かいがら》。

これらが残っているってことは、由梨ちゃんはまだ病院にいるに違《ちが》いない。

ちょっとほっとしたものの、麗華は胸《むね》のドキドキがなかなかおさまらなかった。

やっぱり心配だ。由梨ちゃんを見つけるまで、落ち着きそうにない。

麗華はピグトンを持って、夜の病院をさ迷《まよ》いだした。

ありがたいことに、由梨ちゃんはすぐに見つかった。

由梨《ゆり》ちゃんは個室《こしつ》にいた。透明《とうめい》なカーテンで囲《かこ》まれたベッドの上で、いろいろな機《き》械《かい》につながれて、眠《ねむ》っていた。その顔色はとても悪かった。ここでの生活が長い麗華《れいか》は、すぐにわかった。体調が悪化して、個室に移《うつ》されたのだ。

由梨ちゃんの青白い顔を見て、麗華はぎゅっと胸《むね》がしめつけられた。でも、ちょっと嬉《うれ》しくもあった。これだけ具合が悪いのなら、入院は長引くに違《ちが》いない。

友達《ともだち》になった子たちは、ほとんどが元気になって、病院を出ていってしまう。そして、二度と戻《もど》ってこない。麗華のお見舞《みま》いに来てはくれないのだ。だから、友達にはずっと入院していてもらいたいというのが、麗華の正直《しょうじき》な気持ちだった。

麗華はカーテンをくぐって、ベッドの上に乗った。そして、寝《ね》ている由梨ちゃんの顔に、そっとピグトンを押《お》しつけた。

「由梨ちゃん。由梨ちゃん」

「ん……。あ、麗華ちゃん」

目を覚《さ》まし、由梨ちゃんは嬉しそうに笑《わら》った。麗華はわざと作り声で言った。

「麗華《れいか》ちゃんじゃないよ。ピグトンだよ。ひどいじゃないか、由梨《ゆり》ちゃん。ぼくを置《お》いてきぼりにするなんて。心配したんだよ？」

「あは。ごめんねえ。いきなりすごく苦しくなっちゃって。看護師《かんごし》さん呼《よ》んだら、ここに連《つ》れてこられちゃったんだ」

「いったいどうしたの？」

「わかんない。今日は朝からごはんも食べられなくて。今はだいぶ楽になったけど。……でも、退院《たいいん》はしばらく無理《むり》だって」

悲しそうに由梨ちゃんは言った。麗華はちょっとむっとした。作り声をやめて言った。

「いいじゃないの。そのかわり、私《わたし》がずっと由梨ちゃんのそばにいてあげるから」

「でも、麗華ちゃんは夜しか遊べないし。……そう言えば、麗華ちゃんは、いつ退院できるの？　先生はなんて言ってるの？」

「……なにも言ってないわ」

生まれてからほとんどを病院で過《す》ごしている麗華《れいか》。最初《さいしょ》の頃《ころ》は、お医者さまも一生《いっしょう》懸命《けんめい》病気を治《なお》そうとしてくれたが、だいぶ前にさじを投げ、放っておかれるようになってしまった。

今の麗華は、病院で暮《く》らしているだけだ。今回の入院は特《とく》に長引いていて、もう自分の本当の家のことだって、よく覚《おぼ》えていない。確《たし》か、とても大きくて、人がたくさんいて、「おじょうさま」って、ちやほやしてくれたような気がするけど。

体は元気なのに、ただお日様の下に出ていけないというだけで、病院の中から出られない。お父様とお母様にも、もう長いこと会っていない。お父様たちだけじゃない。誰《だれ》もお見舞《みま》いに来てくれない。こんなのって……ひどい。

麗華が唇《くちびる》をかみしめた時だ。由梨《ゆり》ちゃんがおろおろと謝《あやま》ってきた。

「ごめんね。聞いちゃいけないこと、聞いちゃったみたいで。ほんと、ごめん。ごめんね」

何度も謝る友達に、麗華はようやく微笑《ほほえ》んだ。

「ううん。大丈夫《だいじょうぶ》。気にしてないから。……ねえ、由梨《ゆり》ちゃんはずっと私《わたし》の友達《ともだち》でいてくれる？」

「もちろんだよ」

「ほんとに？　今までの友達はね、みんなだめだったの。元気になって退院《たいいん》しちゃうと、それで終わり。麗華《れいか》のことなんかすっかり忘《わす》れて、二度と来てくれないの。ずっと一緒《いっしょ》だよって、指きりした子たちも……みんないなくなっちゃった。ねえ、由梨ちゃん。由梨ちゃんだけはずっと一緒にいてくれるでしょ？」

私、さびしいのと、ぼろぼろと泣《な》きだす麗華。

由梨ちゃんは困《こま》ってしまった。最近《さいきん》の麗華ちゃんは、何かと言うと、「ずっと一緒にいて」と言ってくる。こんなに「大好《だいす》きだよ。ずっと友達だよ」って、言っているのに。なんだかちょっと変《へん》だ。そうだ。変と言えば……。

あることを思い出し、由梨ちゃんはきょろきょろと部屋の中を見まわした。

「そう言えば、おじさんは？」

「おじさん？　それ、誰《だれ》のこと？」

「うん。さっきね、知らないおじさんがここにいたの。麗華《れいか》ちゃん、会わなかった？」

「ううん。私《わたし》が来た時には、ここには誰もいなかったけど。……どんなおじさんだったの？」

「すっごく変《へん》なおじさん」

くすくす笑《わら》いながら、由梨《ゆり》ちゃんはしゃべった。

「ごつごつした顔してるのに、女の人みたいに、すごく優《やさ》しくしゃべるの。きれいな着物とか着ちゃってて、とにかくなんかおもしろいの！」

「へえ、そうなの」

麗華はなんとなくおもしろくなかった。誰であれ、自分以外の誰かと由梨ちゃんが仲良《なかよ》くするのは、気に入らない。

「で、そのおじさんは何か言ったの？」

「うん。あたし、その時すごく苦しかったの。そうしたら、おじさんがベッドのそばにやってきて、こう言ったの」

つらそうね。早く良《よ》くなりたい？

由梨《ゆり》ちゃんは当然《とうぜん》うなずいた。

「うん。早く元気になって、退院《たいいん》したいって、あたし言ったの。そうしたら、まかせてって、おじさんがあたしの手を握《にぎ》ってきたの。そのあと、あたし眠《ねむ》っちゃって。次に起きた時は、麗華《れいか》ちゃんが来てたんだ」

あのおじさん、どこに行っちゃったのかなと、無邪気《むじゃき》につぶやく由梨ちゃん。

だが、麗華は真《ま》っ青《さお》な顔をして、ぶるぶると震《ふる》えていた。ようやく、押《お》し殺《ころ》した声をしぼりだした。

「由梨ちゃん……そんなこと言ったの？」

「えっ？」

「早く退院したいだなんて……ひどい！　私を一人ぼっちにしてもいいって言うの？　裏切《うらぎ》るの？」

「ちょ、ちょっと待ってよ、麗華《れいか》ちゃん！」

「ひどい！　友達《ともだち》だって言ったのに！　うそつき！　うそつき！」

今度は由梨《ゆり》ちゃんが怒《おこ》った。

「だって、家に帰りたいんだもん。元気になりたいんだもん。麗華ちゃん、まるであたしに元気になってもらいたくないみたい！　友達なら、早く元気になってって、言うはずでしょ！　麗華ちゃんこそ、ひどいよ！」

二人は睨《にら》みあった。由梨ちゃんの顔は怒《いか》りで真《ま》っ赤《か》で、逆《ぎゃく》に麗華は氷のように青ざめていた。

やがて、麗華がささやくように言った。

「どうしても退院《たいいん》したいのね？」

「あ、当たり前だよ」

「……だめよ。そんなのだめ。由梨ちゃんはずっとここにいるのよ。ずっと私《わたし》と一緒《いっしょ》」

ずいっと、麗華は由梨ちゃんに身《み》をよせた。

由梨《ゆり》ちゃんはふいに怖《こわ》くなった。麗華《れいか》ちゃん、いつもと様子が違《ちが》う。なんかやろうとしている。

ベッドの端《はし》まであとずさりながら、由梨ちゃんは頼《たの》んだ。

「麗華ちゃん？　なんか怖いよ？　や、やめてよ！」

「……由梨ちゃんなら、大丈夫《だいじょうぶ》。きっとうまくいく。前の友達《ともだち》とは違《ちが》って、ちゃんと約束《やくそく》を守ってくれるはず。消えたりなんかしない。絶対《ぜったい》に大丈夫。そうよね？　ねえ、由梨ちゃん？」

泣《な》きそうな顔で笑《わら》いながら、麗華はささやいた。

もう絶対友達を失《うしな》いたくない。今度こそ放さない。由梨ちゃんは私《わたし》のものだもの。

麗華は手をのばし、由梨ちゃんの細い手首をつかんだ。由梨ちゃんの顔がゆがんだ。

「冷《つめ》たい！　放して！」

そう叫《さけ》んで、由梨ちゃんは麗華を押《お》しやろうとした。

由梨ちゃんの手のひらが、麗華の体に触《ふ》れた瞬間《しゅんかん》、部屋の中に白い稲妻《いなずま》がほとばしった。

ばりばりっ！

稲妻《いなずま》は麗華《れいか》の全身にからみつき、一瞬《いっしゅん》にして全ての力を奪《うば》った。麗華はぐらりと倒《たお》れた。

「れ、麗華ちゃん！」

「ゆ、り……」

最後《さいご》まで由梨《ゆり》ちゃんから目を離《はな》さず、麗華はベッドから落ちていった。

「麗華ちゃん！　……えっ！」

下をのぞきこんだ由梨ちゃんは、息をのんだ。

ベッドの下に麗華はいなかった。ただ、黒い髪《かみ》の、古そうな人形が一つ、転がっていたのだ。

「麗華ちゃん？　どこにいるの？」

友達《ともだち》の名を呼《よ》びながら、由梨ちゃんは身をかがめて、人形を拾い上げようとした。

だが、それより先に、別《べつ》の手がさっとのびてきて、人形を拾い上げてしまった。

由梨《ゆり》ちゃんは顔をあげ、またまた息をのんだ。

「おじさん……」

「おじさんじゃなくて、もののけ屋さんって呼《よ》んでもらえると、嬉《うれ》しいんだけど」

にこっと、握手《あくしゅ》をしてくれたおじさんが微笑《ほほえ》んだ。

由梨《ゆり》ちゃんは初《はじ》めておかしいと思った。

いったい、いつ部屋《へや》に入ってきたんだろう？　もしかして、この人って悪い人？

びくびくしながらも、由梨ちゃんはおじさんが取ってしまった人形を指差《ゆびさ》した。なんとなく、その人形がほしかったのだ。

「そ、その人形……」

「ごめんなさいね。これは渡《わた》せないわ。あなたが触《さわ》ったら、せっかくの封印《ふういん》が解《と》けてしまうもの。そうなると、あなた、退院《たいいん》できなくなってしまうわよ。それでもいいの？」

「え？　や、やだ」

「なら、この人形はあたしに預《あず》けてちょうだい。そして、もうお休みなさいな」

にこりと言って、もののけ屋は由梨《ゆり》ちゃんのおでこに、ぴとっと指をあてた。

とたん、由梨ちゃんは眠《ねむ》くなってしまった。いろいろ聞きたいことがあるのに、どうしても目を開けていられない。それに、頭の中がぐるぐるして、何もかもがぼやけてきた。

目を閉《と》じていく由梨ちゃんの耳に、もののけ屋の優《やさ》しい声が響《ひび》いた。

「忘《わす》れておしまいなさい。夜な夜な現《あらわ》れて、一緒《いっしょ》に遊んだ友達《ともだち》なんて、いやしなかったの。なにもかも忘れて、眠りなさい。そうすれば、すぐ退院《たいいん》できるから」

ころんと、ベッドに横たわった由梨ちゃんに、かけぶとんをかけてやったあと、もののけ屋は静《しず》かに「百雷《ひゃくらい》ちゃん」と呼《よ》んだ。

由梨ちゃんの手のひらから、白い小さな獣《けもの》が飛《と》び出《だ》してきた。姿《すがた》は鹿《しか》に似《に》ているが、電流のような青白いたてがみと尾《お》を持っており、額《ひたい》には大きな青い目玉が一つ、ぎょろりと、はりついている。

「百雷《ひゃくらい》ちゃん、ごくろうさま。見事な電撃《でんげき》だったわ。さ、戻《もど》ってちょうだいな」

もののけ屋が手を差《さ》し出《だ》すと、獣《けもの》はぴょんっとそこに飛《と》び乗《の》り、みるみるうちにもののけ屋が着ている派手《はで》な羽織《はおり》に入っていった。

そのあと、もののけ屋は手の中の人形に目を向《む》けた。

「さて、あなたの噂《うわさ》はいろいろと聞いていてよ。もう六十年くらい、この病院にいるんですって？　病気の子供《こども》たちと遊んでは、ずっと一緒《いっしょ》にいるために、その魂《たましい》を取ってきたんですってね。……気づいていなかったの？　そうよ。あなたはもう何十年も前に死《し》んでしまっているのよ。本当にさびしかったのね。自分が死んでしまったこともわからず、ここを離《はな》れることもできなかったんですもの。友達がほしかったのも無《む》理《り》はないわ。でも、あなたのやり方じゃだめ。無駄《むだ》に子供たちが死ぬだけで、その魂はあなたのものとはならない。何回もやって、わかっているでしょ？」

もののけ屋の言葉に、人形はぴくぴくと震《ふる》えた。まるで激《はげ》しく泣《な》いているかのようだ。もののけ屋はなだめるように優《やさ》しく言った。

「だからね、あたしがあなたのことを引き受けるわ。あなたをもののけにして、あたしの百鬼夜行《ひゃっきやぎょう》に加《くわ》えてあげる。そして、友達《ともだち》をほしがっている子供《こども》に、あなたを貸《か》してあげるから。どう？　あたしのもののけにならない？」

人形はしばらく動かなかった。が、ついに、かすかにうなずいたのだ。もののけ屋は満面《まんめん》の笑《え》みを浮《う》かべた。

「決まり！　今日からあなたも、うちの子よ！　それじゃ、百鬼夜行に入りなさい。妖蘭《ようらん》ちゃんと獄犬《ごくいぬ》ちゃん。ちょっとつめてくれる？　ああ、それでいいわ。ありがと。じゃ、いくわよ」

慎重《しんちょう》な手つきで、もののけ屋は人形を、自分の着ている羽織《はおり》の肩《かた》のあたりに押《お》しつけた。と、まるで水に沈《しず》んでいくように、人形は羽織の中に沈んでいき、柄《がら》となって、そこにおさまった。

「はい、完了《かんりょう》。どう？　なかなかの居心地《いごこち》でしょう？　ね？　それじゃ、そろそろ行きましょうか」

だが、羽織《はおり》の中に入ってからも、人形は未練《みれん》たらしくベッドの由梨《ゆり》ちゃんをじっと見ていた。もののけ屋は少し厳《きび》しく言った。

「だめよ。もうその子のことはあきらめて。大丈夫《だいじょうぶ》よ。きっとすぐに、あなたにふさわしい、孤独《こどく》でさびしがり屋な子供《こども》が見つかるから。……あ、そうだ。もののけとしての名前をつけなくちゃね。そうね。……遊児《ゆうこ》。遊児はどう？　遊《あそ》び好《ず》きなあなたにぴったりの、いい名前じゃない？　気に入った？　よかった。じゃ、あなたは遊児ね」

微笑《ほほえ》んだあと、もののけ屋は、「そろそろ本当に行かなければ」と、つぶやいた。

「看護師《かんごし》さんたちに見られちゃうわ。ナース服を持っていればねえ。あたしも白衣《はくい》の天使でーすって、ごまかせるんだけど。あら、なによ！　みんなして！　失礼《しつれい》ね！なにが気に食わないっての？」

なにやら小声でわめきながら、もののけ屋は病室からすっと消え去った。

さあ、どうです？　生きにくい世の中になったとは言え、闇《やみ》のものたちがそれなりに元気よく暮《く》らしているって、わかってもらえましたかね？

あなたもね、さびしくなったり、居場所《いばしょ》がなくなってしまったりしたら、もののけ屋をお呼《よ》びなさい。ちゃあんと、あなたのことを引き受けて、あなたの力や存在《そんざい》を活《い》かせる人間を、紹介《しょうかい》してくれるはずですよ。

もののけ手帖

青足

その名のとおり青い足の姿をしていて、走ることが大好きなもののけ。もっともっと早く走れるように、誰かの素敵な足をねらっている。

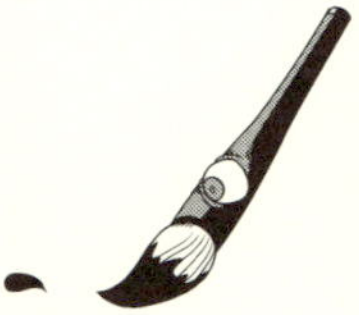

筆鬼

筆鬼の力を借りて書き出した願い事は全て現実になる。ただし、筆鬼が本当に欲しいものは……契約違反をしてみてのお楽しみ。

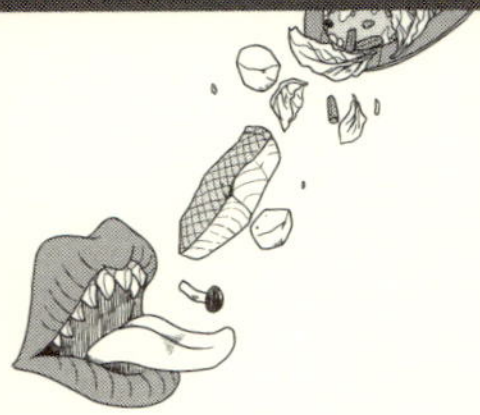

ふた口

好き嫌いなく、なんでも食べてくれるもののけ。ふた口さえいれば、給食の嫌いなものをこっそり隠す必要もなし！

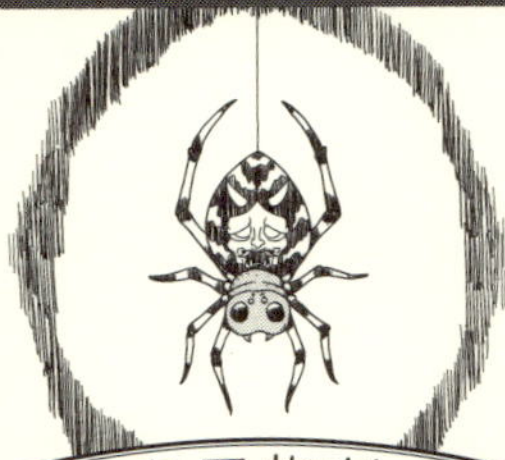

夜叉蜘蛛

人を襲う怨念や邪気を糸でからめとってつかまえる、正義の（？）もののけ。肝試しのお守りには欠かせない存在。

遊児

子供と遊ぶのが大好きで、いつも友達をほしがっているさびしがりや。もののけ屋の百鬼夜行には加わったばかりの新人。

百雷

鹿に似た姿で電流のような青白いたてがみと尾をもち、額には大きな目玉。小さな体ながら強烈な電撃を放つ。

作 **廣嶋玲子《ひろしまれいこ》**

神奈川県生まれ。『水妖の森』でジュニア冒険小説大賞受賞。主な作品に『送り人の娘』『ゆうれい猫ふくこさん』ほか「はんぴらり」シリーズ、「ふしぎ駄菓子屋銭天堂」シリーズなどがある。

絵 **東京モノノケ**

静岡県静岡市を拠点に活動する、日本の古いものと妖怪が大好きなイラストレーター。

もののけ屋［図書館版］ 一度は会いたい妖怪変化《ようかいへんげ》

2018年2月20日　第1刷発行
2022年9月 1 日　第3刷発行

作者　廣嶋玲子
画家　東京モノノケ

装丁　城所 潤（ジュン・キドコロ・デザイン）

発行者　中村宏平
発行所　株式会社ほるぷ出版
〒102-0073 東京都千代田区九段北1-15-15
電話 03-6261-6691
https://www.holp-pub.co.jp

印刷・製本　中央精版印刷株式会社

ISBN 978-4-593-53532-3

この本は2016年5月に静山社より刊行されたものの図書館版です。

MONONOKE MARK
TANUKI NAIL
MONONOKE MARK
TANUKI NAIL